T0054714

CUENTOS DE ANDERSEN

ALMA CLÁSICOS ILUSTRADOS

Cuentos de Andersen

Hans Christian Andersen

Ilustraciones de
Marta Ponce

Edición revisada y actualizada

Título original: *De røde sko, Den lille Havfrue, Den grimme ælling, Historie om en Moder, Keiserens nye Klæder, Prinsessen paa Ærten, Den standhaftige Tinsoldat, Den lille Pige med Svovlstikkerne, Paa den yderste Dag, Elverhøj, Reisekammeraten, Nattergalen.*

Diseño de la colección: lookatcia.com
Diseño de cubierta: lookatcia.com
Maquetación y revisión: LocTeam, S.L.

ISBN: 978-84-17430-74-0
Depósito legal: B16180-2019

Impreso en España
Printed in Spain

El papel de este libro proviene de bosques gestionados de manera sostenible.

Índice

NOTA DEL EDITOR

No es casualidad que el Día Internacional del Libro Infantil se celebre el 2 de abril, fecha del nacimiento del danés más universal: Hans Christian Andersen (1805-1875). A diferencia de los otros grandes autores del género, Charles Perrault y los hermanos Jacob y Wilhelm Grimm, Andersen no se limitó a adaptar historias de la tradición oral, sino que reinventó el lenguaje de los cuentos que hoy llamamos infantiles (en su momento, los leía sobre todo el público adulto) y los situó al nivel literario de maestros de la ficción breve decimonónica como Antón Chéjov o Edgar Allan Poe.

Con todo, lo que más nos maravilla de los cuentos de Andersen es la manera tan cruda y en ocasiones cruel (en las antípodas de lo que las versiones edulcoradas para todos los públicos suelen mostrar) en que parece narrarnos su propia vida. Procedente de una familia muy humilde (se ha considerado «La vendedora de fósforos» como una alusión a su madre), abandonó el hogar para probar suerte como cantante de ópera. No logró su objetivo, pero hizo contactos en la corte danesa y en los mundillos editorial y artístico: «El patito feo» hecho realidad. «El soldadito de plomo» parece narrar su turbulenta relación con el bailarín Harald Scharff, quien tuvo que retirarse de los escenarios por culpa de una lesión de rodilla producida después de interpretar al protagonista del cuento de su antiguo amigo.

Tal vez Andersen no quisiera en vida que lo recordaran por sus cuentos, ya que su fértil carrera literaria estuvo plagada de exitosos libros de viajes, libretos de ópera y poemarios, pero ha pasado a la posteridad por historias como «El traje nuevo del emperador» o «La sirenita» y por haber creado arquetipos que han definido a generaciones y generaciones de oyentes y lectores y forman parte de nuestra memoria colectiva. En esta recopilación ofrecemos varios ejemplos (algunos poco conocidos) de su maestría narrativa.

LOS ZAPATOS ROJOS

Érase una vez una niña muy linda y muy delicada, pero tan pobre que en verano andaba siempre descalza y en invierno tenía que llevar unos grandes zuecos, por lo que los piececitos se le ponían tan enrojecidos que daba lástima.

En el centro del pueblo vivía una anciana viuda de un zapatero. Tenía unas viejas tiras de paño colorado y con ellas cosió lo mejor que supo un par de zapatillas. Estaban hechas con muy poca maña, pero la mujer había puesto en ellas toda su buena intención. Serían para la niña, que se llamaba Karen.

Le dieron los zapatos rojos el mismo día en que enterraron a su madre; aquel día los estrenó. No eran zapatos de luto, cierto, pero no tenía otros y calzada con ellos acompañó el humilde féretro.

Acertó a pasar un gran carruaje en el que iba una señora anciana. Al ver a la pequeñuela, sintió compasión y le dijo al señor pastor:

—Dadme a la niña, yo la criaré.

Karen creyó que todo aquello era efecto de los zapatos colorados, pero la dama dijo que eran horribles y los tiró al fuego. La niña recibió vestidos nuevos y aprendió a leer y a coser. La gente decía que era linda; sólo el espejo decía: «Eres más que linda, eres hermosa».

Un día la reina hizo un viaje por el país acompañada de su hijita, que era toda una princesa. La gente acudió al palacio y Karen también fue. La princesita salió al balcón para que todos pudieran verla. Estaba preciosa, con un vestido blanco, pero no era largo ni llevaba corona de oro. En cambio, calzaba unos magníficos zapatos rojos de tafilete, desde luego mucho más hermosos que los que la viuda del zapatero había confeccionado para Karen. No hay en el mundo nada que pueda compararse a unos zapatos rojos.

Llegó la niña a la edad en que debía recibir la confirmación; le hicieron vestidos nuevos y también tenían que comprarle nuevos zapatos. El mejor zapatero de la ciudad tomó la medida de su lindo pie; en la tienda había grandes vitrinas con botas y zapatos preciosos y relucientes. Todos eran hermosísimos, pero la anciana señora, que apenas veía, no encontraba ningún placer en la elección. Había entre ellos un par de zapatos rojos exactamente iguales a los de la princesa. ¡Qué preciosos! Además, el zapatero dijo que los había confeccionado para la hija de un conde, pero luego no se habían adaptado a su pie.

—Son de charol, ¿no? —preguntó la señora—. ¡Cómo brillan!

—¿Verdad que brillan? —dijo Karen. Y como le sentaban bien, se los compraron; pero la anciana ignoraba que fuesen rojos, pues de haberlo sabido jamás habría permitido que la niña fuese a la confirmación con zapatos colorados. Pero fue.

Todo el mundo le miraba los pies y, cuando después de avanzar por la iglesia llegó a la puerta del coro, le pareció como si hasta las antiguas estatuas de las sepulturas, las imágenes de los monjes y las religiosas con sus cuellos tiesos y sus largos ropajes negros clavaran los ojos en sus zapatos rojos; y la niña sólo estuvo pensando en ellos mientras el obispo, poniéndole la mano sobre la cabeza, le habló del santo bautismo, de su alianza con Dios y de que desde aquel momento debía ser una cristiana sensata. El órgano tocó solemnemente, resonaron las voces melodiosas de los niños y también cantó el viejo maestro de coro, pero Karen sólo pensaba en sus magníficos zapatos.

Por la tarde, la anciana señora se enteró —alguien se lo dijo— de que los zapatos eran colorados y declaró que aquello era feo y contrario a la modestia, por eso dispuso que en adelante Karen debería llevar zapatos negros para ir a la iglesia, aunque fueran viejos.

El siguiente domingo era de comunión. Karen miró sus zapatos negros, luego contempló los rojos, volvió a observarlos y al fin se los puso.

Brillaba un sol magnífico. Karen y la señora anciana avanzaban por la acera del mercado de cereales; había un poco de polvo.

En la puerta de la iglesia se había apostado un viejo soldado con una muleta y una larguísima barba más roja que blanca; mejor dicho, roja del todo. Se inclinó hasta el suelo y preguntó a la dama si quería que le limpiase los zapatos. Karen presentó también su piececito.

—¡Caramba, qué preciosos zapatos de baile! —exclamó el hombre—. Ajustadlos bien cuando bailéis —y con la mano dio un golpe a la suela.

La dama entregó una limosna al soldado y entró en la iglesia con Karen.

Todos los fieles miraron los zapatos rojos de la niña, y las imágenes también lo hicieron; cuando ella, arrodillada ante el altar, llevó a sus labios el cáliz de oro estaba pensando en sus zapatos colorados y le pareció como si nadaran en él, hasta se olvidó de cantar el salmo y de rezar el padrenuestro.

Salieron los fieles de la iglesia y la señora subió a su coche. Karen levantó el pie para subir a su vez y el viejo soldado, que se encontraba junto al carruaje, exclamó:

—¡Vaya preciosos zapatos de baile!

Entonces la niña no pudo resistir la tentación de marcar unos pasos de danza; y he aquí que no bien hubo empezado, sus piernas siguieron bailando por sí solas como si los zapatos hubiesen adquirido algún poder sobre ellas. Bailando se fue hasta la esquina de la iglesia sin ser capaz de evitarlo; el cochero tuvo que correr tras ella y llevarla en brazos al coche, pero los pies seguían bailando y pisaron con fuerza a la buena anciana. Por fin la niña se pudo descalzar y las piernas se quedaron quietas.

Al llegar a casa, los zapatos se guardaron en un armario, pero Karen no podía resistir la tentación de contemplarlos.

La señora enfermó y dijeron que ya no se curaría. Hubo que atenderla y cuidarla, y nadie estaba más obligado a hacerlo que Karen. Pero en la ciudad daban un gran baile y habían invitado a la muchacha. La niña miró a la señora, que estaba enferma de muerte, miró los zapatos rojos y se dijo que no

cometía ningún pecado. Se los calzó —¿qué había de malo en ello?— y luego se fue al baile y se puso a bailar.

Pero cuando quería ir hacia la derecha, los zapatos la llevaban hacia la izquierda, y si quería dirigirse sala arriba, la obligaban a hacerlo sala abajo; y así se vio forzada a bajar las escaleras, seguir la calle y salir por la puerta de la ciudad danzando sin reposo. Sin poder detenerse llegó al oscuro bosque.

Vio brillar una luz entre los árboles y pensó que se trataba de la luna, pues parecía una cara, pero resultó ser el viejo soldado de la barba roja que, haciéndole una señal con la cabeza, le dijo:

—¡Vaya hermosos zapatos de baile!

La muchacha se asustó y trató de quitarse los zapatos para tirarlos, pero estaban ajustadísimos y, aunque consiguió arrancarse las medias, los zapatos no salieron: estaban soldados a los pies. Y tuvo que seguir bailando por campos y prados, bajo la lluvia y a pleno sol, de noche y de día. ¡De noche, especialmente, era horrible!

Bailando llegó hasta el cementerio, que estaba abierto, pero los muertos no bailaban, tenían otra cosa mejor que hacer. Quiso sentarse sobre la fosa destinada a los pobres, donde crece el amargo helecho, pero no había para ella tranquilidad ni reposo y cuando, sin dejar de bailar, entró en la iglesia, vio en ella un ángel vestido de blanco con unas alas que le llegaban desde los hombros hasta los pies. Su rostro tenía una expresión severa y en la mano sostenía una espada ancha y brillante.

—¡Bailarás —le dijo—, bailarás en tus zapatos rojos hasta que estés lívida y fría, hasta que tu piel se contraiga sobre tus huesos! Irás bailando de puerta en puerta y llamarás a las de las casas donde vivan niños vanidosos y presuntuosos para que al oírte sientan miedo de ti. ¡Bailarás!

—¡Misericordia! —suplicó Karen. Pero no pudo oír la respuesta del ángel, pues sus zapatos la arrastraron al exterior, siempre bailando a través de campos, caminos y senderos.

Una mañana pasó bailando por delante de una puerta que conocía bien. En el interior resonaba el canto de salmos y sacaron un féretro cubierto de flores. Entonces supo que la anciana señora había muerto y comprendió que todo el mundo la había abandonado y el ángel de Dios la condenaba.

Y continuó su baile, bailando en la noche oscura. Los zapatos la llevaban por espinos y cenagales y los pies le sangraban.

Luego se dirigió a través del erial hasta una casita solitaria. Allí se enteró de que aquélla era la morada del verdugo, y llamando con los nudillos al cristal de la ventana dijo:

—¡Sal, sal! ¡Yo no puedo entrar, tengo que seguir bailando!

El verdugo le respondió:

—¿Es que no sabes quién soy? Yo corto la cabeza a los malvados y cuido de que el hacha resuene.

—¡No me cortes la cabeza —suplicó Karen—, pues no podría expiar mis pecados; córtame los pies con los zapatos rojos!

Reconocía su culpa y el verdugo le cortó los pies con los zapatos, pero éstos siguieron bailando con los piececitos dentro, se alejaron campo a través y se perdieron en el bosque.

El hombre le hizo unos zuecos y unas muletas, le enseñó el salmo que cantan los penitentes y ella, después de besar la mano que había empuñado el hacha, emprendió el camino por el erial.

—Ya he sufrido bastante por los zapatos rojos —dijo—; ahora me voy a la iglesia para que todos me vean.

Y se dirigió al templo sin tardanza, pero al llegar a la puerta vio que los zapatos danzaban frente a ella; entonces se asustó mucho y se marchó.

Pasó toda la semana afligida llorando amargas lágrimas, pero al llegar el domingo dijo:

—Ya he sufrido y luchado bastante; creo que ya soy tan buena como muchos de los que están vanagloriándose en la iglesia.

Entonces se encaminó nuevamente al templo, pero apenas llegó a la puerta del cementerio vio los zapatos rojos que continuaban bailando y, asustada, dio media vuelta y se arrepintió de todo corazón de su pecado.

Se dirigió a casa del señor pastor y rogó que la tomasen por criada, asegurando que sería muy diligente y haría cuanto pudiese; no pedía salario, sino sólo un cobijo y la compañía de personas virtuosas. La mujer del pastor se compadeció de ella y la tomó a su servicio. Karen se portó entonces con toda modestia y reflexión. Al anochecer escuchaba atentamente al sacerdote cuando leía la Biblia en voz alta. Era cariñosa con todos los niños, pero cuando los oía hablar de adornos y ostentaciones y de que deseaban ser hermosos meneaba la cabeza con un gesto de desaprobación.

Al domingo siguiente fueron todos a la iglesia y le preguntaron si deseaba acompañarlos, pero ella, afligida, con lágrimas en los ojos, se limitó a mirar sus muletas. Los demás se dirigieron al templo a escuchar la palabra divina mientras ella se retiraba a su cuartito, tan pequeño que no cabían en él más que la cama y una silla. Se sentó en la silla con el libro de cánticos y, al sumergirse piadosa en su lectura, el viento le trajo los sones del órgano de la iglesia. Entonces levantó el rostro y entre lágrimas dijo:

—¡Dios mío, ayúdame!

De pronto, el sol brilló con todo su esplendor y Karen vio frente a ella el ángel vestido de blanco que encontrara aquella noche en la puerta de la iglesia, pero su mano, en lugar de la flameante espada, ahora sostenía una magnífica rama cuajada de rosas. Tocó con ella el techo, que se abrió, y en el punto donde había tocado la rama brilló una estrella dorada; luego tocó las paredes, que se ensancharon, y la muchacha vio el órgano tocando y las antiguas estatuas de monjes y religiosas, y a la comunidad entera sentada en las bien cuidadas sillas y cantando los himnos sagrados.

Resulta que la iglesia había venido a la angosta habitación de la pobre muchacha, o tal vez ella había sido transportada a la iglesia. Se encontró sentada en su silla junto a los miembros de la familia del pastor, y cuando la vieron una vez terminado el salmo la saludaron con un gesto de la cabeza diciendo:

—Hiciste bien en venir, Karen.

—Fue la misericordia de Dios —contestó ella.

El órgano resonó y, con él, el coro de voces infantiles, dulces y melodiosas. El sol enviaba sus brillantes rayos a través de la ventana dirigiéndolos precisamente a la silla donde se sentaba Karen. El corazón de la muchacha quedó tan rebosante de luz, de paz y de alegría que reventó. Su alma voló hasta Dios nuestro señor y allí ya nadie le preguntó por los zapatos rojos.

LA SIRENITA

En el fondo del más azul de los océanos había un palacio maravilloso en el que vivía el rey del mar, un tritón viejo y sabio que tenía una abundante barba blanca. Moraba en esta espléndida mansión hecha de coral multicolor y de pechinas preciosas junto a sus hijas, cinco bellísimas sirenas.

La más joven de ellas era la sirenita, quien además de ser la más bella poseía una voz maravillosa; cuando cantaba acompañándose con el arpa acudían los peces de todas partes para escucharla, las ostras se abrían mostrando sus perlas y las medusas dejaban de flotar al oírla.

La pequeña sirena casi siempre estaba cantando y cada vez que lo hacía levantaba la vista buscando la débil luz del sol que a duras penas se filtraba a través de las aguas profundas.

—¡Oh! ¡Cuánto me gustaría salir a la superficie para ver por fin el cielo que todos dicen que es tan bonito, escuchar la voz de los hombres y oler el perfume de las flores!

—Todavía eres demasiado joven —respondió su abuela—. Dentro de unos años, cuando tengas quince, el rey te dará permiso para subir a la superficie, igual que a tus hermanas.

La sirenita soñaba con el mundo de los hombres que conocía a través de los relatos de sus hermanas, a quienes interrogaba durante horas para satisfacer su inagotable curiosidad cada vez que volvían de la superficie. Durante este tiempo, mientras esperaba salir a la superficie para conocer el universo ignorado, se ocupaba de su maravilloso jardín adornado con flores marítimas. Los caballitos de mar le hacían compañía y los delfines se le acercaban para jugar con ella; únicamente las quisquillosas estrellas de mar no respondían a su llamada.

Por fin llegó el tan esperado cumpleaños y durante toda la noche anterior no consiguió dormir. A la mañana siguiente la llamó su padre y al acariciarle sus largos y rubios cabellos vio esculpida en su hombro una hermosísima flor.

—¡Bien, ya puedes salir a respirar el aire y ver el cielo! ¡Pero recuerda que el mundo de arriba no es el nuestro, sólo podemos admirarlo! Somos hijos del mar y no tenemos alma como los hombres. ¡Sé prudente y no te acerques a ellos, pues sólo te traerían desgracias!

Apenas terminó de hablar su padre, la sirenita le dio un beso y se dirigió hacia la superficie deslizándose ligera en el agua. Se sentía tan veloz que ni siquiera los peces conseguían alcanzarla. De repente emergió del agua. ¡Qué fascinante! Por primera vez veía el cielo azul y las estrellas que centelleaban al anochecer. El sol, que ya se había puesto en el horizonte, había dejado sobre las olas un reflejo dorado que se iba diluyendo lentamente. Las gaviotas revoloteaban por encima de la sirenita y dejaban oír sus alegres graznidos de bienvenida.

—¡Qué hermoso es todo! —exclamó feliz dando palmadas.

Pero su asombro y admiración aumentaron todavía más cuando una nave se fue acercando despacio al escollo donde estaba la sirenita. Los marinos echaron el ancla y la nave, así amarrada, se balanceó sobre la superficie del mar en calma. La sirenita escuchaba sus voces y comentarios. «¡Cómo me gustaría hablar con ellos!», pensó. Pero al decirlo miró la larga cola de pez cimbreante que tenía en lugar de piernas y sintió una gran congoja: «¡Jamás seré como ellos!», se dijo.

A bordo parecía que todos estaban poseídos por una extraña animación y, al cabo de poco, la noche se llenó de vítores: «¡Viva nuestro capitán! ¡Vivan sus veinte años!». La pequeña sirena, atónita y extasiada, descubrió mientras tanto al joven al que iba dirigido todo aquel alborozo. Alto, moreno, de porte real, sonreía feliz. La sirenita no podía dejar de mirarlo y una extraña sensación de alegría y al mismo tiempo de sufrimiento que nunca había sentido con anterioridad le oprimió el corazón.

La fiesta seguía a bordo, pero el mar se encrespaba cada vez más. La sirenita se dio cuenta enseguida del peligro que corrían aquellos hombres: un viento helado y repentino agitó las olas, el cielo encapotado de negro se desgarró con relámpagos amenazantes y una terrible borrasca sorprendió a la nave desprevenida.

—¡Cuidado! ¡El mar...! —la sirenita gritó y gritó, pero fue en vano.

Sus gritos, silenciados por el rumor del viento, no fueron oídos y las olas cada vez más altas sacudieron con fuerza la nave. Después, bajo los gritos desesperados de los marineros, la arboladura y las velas se abatieron sobre cubierta y el barco se hundió con un siniestro fragor. La sirenita, que momentos antes había visto cómo el joven capitán caía al mar, se puso a nadar para socorrerlo. Lo buscó inútilmente durante mucho rato entre las olas gigantescas. Casi había renunciado cuando de improviso, milagrosamente, lo vio sobre la cresta blanca de una ola cercana y, de golpe, lo tuvo en sus brazos.

El joven estaba inconsciente mientras la sirenita, nadando con todas sus fuerzas, lo sostenía para rescatarlo de una muerte segura. Lo sostuvo hasta que la tempestad amainó. Al alba, que despuntaba sobre un mar todavía lívido, la sirenita se sintió feliz al acercarse a tierra y poder depositar el cuerpo del joven sobre la arena de la playa. Como no podía andar, permaneció mucho tiempo a su lado con la cola lamiendo el agua, frotando las manos del joven y dándole calor con su cuerpo, hasta que un murmullo de voces que se aproximaban la obligaron a buscar refugio en el mar.

—¡Corran! ¡Corran! —gritaba una dama de forma atolondrada—. ¡Hay un hombre en la playa! ¡Está vivo! ¡Pobrecito...! ¡Ha sido la tormenta...! ¡Llevémoslo al castillo! ¡No! ¡No! Es mejor pedir ayuda...

La primera cosa que vio el joven al recobrar el conocimiento fue el hermoso semblante de la más joven de las damas.

—¡Gracias por haberme salvado! —le susurró a la bella desconocida.

La sirenita vio desde el agua que el hombre al que había salvado se dirigía hacia el castillo ignorante de que había sido ella, y no la otra, quien lo había rescatado.

Pausadamente nadó hacia el mar abierto; sabía que en aquella playa, detrás de ella, había dejado algo de lo que nunca habría querido separarse. ¡Oh! ¡Qué maravillosas habían sido las horas transcurridas durante la tormenta sosteniendo al joven entre sus brazos!

Cuando llegó a casa, la sirenita empezó su relato, pero de pronto sintió un nudo en la garganta y echándose a llorar fue a refugiarse en su habitación. Días y más días permaneció encerrada sin querer ver a nadie, rehusando incluso hasta los alimentos. Sabía que su amor por el joven capitán era un amor sin esperanza porque ella nunca podría casarse con un hombre. Sólo la hechicera de los abismos podía socorrerla. Pero ¿a qué precio? A pesar de todo, decidió contarle sus anhelos.

—¡Por consiguiente, quieres deshacerte de tu cola de pez! Y supongo que querrás dos piernas. ¡De acuerdo! Pero deberás sufrir atrozmente y cada vez que pongas los pies en el suelo sentirás un terrible dolor.

—¡No me importa —respondió la sirenita con lágrimas en los ojos— a condición de que pueda volver con él!

—¡No he terminado todavía! —dijo la vieja—. ¡Deberás darme tu hermosa voz y te quedarás muda para siempre! Pero recuerda: si el hombre que amas se casa con otra, tu cuerpo desaparecerá en el agua como la espuma de una ola.

—¡Acepto! —dijo por último la sirenita, y sin dudar un instante le pidió el frasco que contenía la poción prodigiosa. Se dirigió a la playa y en las proximidades de su mansión emergió a la superficie, se arrastró a duras penas por la orilla y se bebió la pócima de la hechicera.

Inmediatamente, un fuerte dolor le hizo perder el conocimiento y cuando volvió en sí vio a su lado, como entre brumas, aquel semblante tan querido sonriéndole. Allí la había encontrado el capitán y, recordando que también él fue una vez náufrago, había cubierto tiernamente con su capa aquel cuerpo que el mar había traído.

—No temas —le dijo de repente—. Estás a salvo. ¿De dónde vienes?

Pero la sirenita, a la que la hechicera dejó muda, no pudo responderle.

—Te llevaré al castillo y te curaré.

Durante los días siguientes empezó una nueva vida para la sirenita: llevaba maravillosos vestidos y acompañaba al capitán, que había sido coronado príncipe de aquellas tierras, en sus paseos. Una noche fue invitada al baile que daba la corte, pero tal como había predicho la hechicera, cada paso de baile, cada movimiento de las recién estrenadas piernas le producía atroces dolores como pago por poder vivir junto a su amado. Aunque no pudiese responder con palabras a las atenciones del príncipe, éste le tenía afecto y la colmaba de gentilezas. Sin embargo, el joven reservaba su corazón para la desconocida dama que había visto cuando fue rescatado después del naufragio.

Desde entonces no la había vuelto a ver porque, después de ser salvado, la desconocida dama tuvo que partir de inmediato a su país. Cuando estaba con la sirenita, el príncipe le profesaba a ésta un sincero afecto, pero la otra no desaparecía de su pensamiento. Y la pequeña sirena, que se daba cuenta de que no era ella la predilecta del joven, sufría todavía más. Por las noches, la sirenita dejaba a escondidas el castillo para ir a llorar junto a la playa.

Pero el destino le reservaba otra sorpresa. Un día, desde lo alto del torreón del castillo fue avistada una gran nave que se acercaba al puerto y el príncipe decidió ir a recibirla acompañado de la sirenita.

La desconocida que el príncipe llevaba en su corazón bajó del barco y, al verla, el joven corrió feliz a su encuentro. La sirenita, petrificada, sintió un agudo dolor en el pecho. En aquel momento supo que perdería a su príncipe para siempre. El príncipe enamorado le pidió matrimonio a la desconocida dama y la dama lo aceptó con agrado, puesto que ella también estaba enamorada. Al cabo de unos días de celebrarse la boda, los esposos fueron invitados a hacer un viaje por mar en la gran nave que estaba amarrada todavía en el puerto. La sirenita también subió a bordo con ellos y el viaje dio comienzo.

Al caer la noche, la sirenita, angustiada por haber perdido para siempre a su amado, subió a cubierta. Recordando la profecía de la hechicera, estaba dispuesta a sacrificar su vida y a desaparecer en el mar. Pero entonces oyó la llamada de sus hermanas procedente del mar:

—¡Sirenita! ¡Sirenita! ¡Somos nosotras, tus hermanas! ¡Mira! ¿Ves este puñal? Es un puñal mágico que hemos obtenido de la hechicera a cambio de nuestros cabellos. ¡Tómalo y antes de que amanezca mata al príncipe! Si lo haces, podrás volver a ser una sirenita como antes y olvidarás todas tus penas.

Como en un sueño la sirenita, sujetando el puñal, se dirigió al camarote de los esposos. Pero cuando vio el semblante del príncipe durmiendo, le dio un beso furtivo y subió de nuevo a cubierta. Cuando ya amanecía arrojó el arma al mar, dirigió una última mirada al mundo que dejaba atrás y se lanzó entre las olas dispuesta a desaparecer y volverse espuma.

Cuando el sol despuntaba en el horizonte lanzó un rayo amarillento sobre el mar y la sirenita, desde las aguas heladas, se volvió para ver la luz por última vez. Pero de improviso, como por encanto, una fuerza misteriosa la arrancó del agua y la transportó hacia lo más alto del cielo. Las nubes se teñían de rosa y el mar rugía con la primera brisa de la mañana cuando la pequeña sirena oyó cuchichear en medio de un sonido de campanillas:

—¡Sirenita! ¡Sirenita! ¡Ven con nosotras!

—¿Quiénes sois? —murmuró la muchacha, dándose cuenta de que había recobrado la voz—. ¿Dónde estáis?

—Estás con nosotras en el cielo. Somos las hadas del viento. No tenemos alma como los hombres, pero es nuestro deber ayudar a quienes hayan demostrado buena voluntad hacia ellos.

La sirenita, conmovida, miró hacia abajo, hacia el mar en el que navegaba el barco del príncipe, y notó que los ojos se le llenaban de lágrimas mientras las hadas le susurraban:

—¡Fíjate! Las flores de la tierra esperan que nuestras lágrimas se transformen en rocío de la mañana. ¡Ven con nosotras! Volemos hacia los países cálidos donde el aire abrasa a los hombres para llevar ahí un viento fresco. Por donde pasemos llevaremos socorros y consuelos, y cuando hayamos hecho el bien durante trescientos años recibiremos un alma inmortal y podremos participar de la felicidad eterna de los hombres —le dijeron—. ¡Tú has hecho con tu corazón los mismos esfuerzos que nosotras, has sufrido y has salido victoriosa de tus pruebas y te has elevado hasta el mundo de los espíritus del aire, donde no depende más que de ti conquistar un alma inmortal por tus buenas acciones! —añadieron.

Y la sirenita, levantando los brazos al cielo, lloró por primera vez.

En el buque se oyeron de nuevo los cantos de alegría. Vio al príncipe y a su linda esposa mirar con melancolía la espuma juguetona de las olas. La sirenita, ahora invisible, abrazó a la esposa del príncipe, le envió una sonrisa al joven esposo y enseguida partió con las demás hijas del viento envuelta en una nube color de rosa que se elevó hasta el cielo.

EL PATITO FEO

¡Qué bonito estaba el campo en los días de verano! ¡Qué agradable era pasear por él y ver el trigo amarillo, la avena verde y las parvas de heno apiladas en los prados! La cigüeña avanzaba sobre sus largas patas rojas junto a algunos flamencos que de vez en cuando se quedaban quietos apoyados en una sola pata. Definitivamente, estar en el campo era algo magnífico.

Allí se alzaba a pleno sol una vieja mansión señorial rodeada por un profundo foso; desde sus paredes hasta el borde del agua crecían unas plantas de hojas gigantescas, algunas de las cuales eran lo bastante grandes como para que un niño pequeño pudiese resguardarse bajo ellas. Aquel sitio era tan salvaje y agreste como el más denso de los bosques, y allí fue donde cierta pata hizo su nido. Los patitos ya deberían haber nacido, pero tardaban tanto que su mamá comenzaba a perder la paciencia; además, los demás patos preferían nadar en aguas libres y la pata recibía muy pocas visitas.

Al fin los huevos se fueron abriendo uno tras otro. «¡Pip, pip!», decían los patitos conforme iban asomando sus cabezas por el cascarón.

—¡Cuac, cuac! —exclamó mamá pata, y todos los patitos se apresuraron a salir tan rápido como pudieron, dedicándose enseguida a escudriñar entre las verdes hojas. Su mamá los dejó hacer, pues el verde es muy bueno para la vista.

—¡Oh, qué grande es el mundo! —dijeron los patitos. Desde luego, disponían de un espacio mayor que el que tenían dentro del huevo.

—¿Creéis acaso que esto es el mundo entero? —preguntó la pata—. Pues sabed que se extiende mucho más allá del jardín, hasta el prado mismo del pastor, aunque yo nunca me he alejado tanto. Bueno, espero que ya estéis todos —agregó levantándose del nido—. ¡Ah, pero si todavía falta el más grande! ¿Cuánto tardará aún? No puedo entretenerme con él mucho tiempo.

Y fue a sentarse de nuevo en su sitio.

—¡Vaya, vaya! ¿Cómo va eso? —preguntó una pata vieja que iba de visita.

—Ya no queda más que este huevo, pero tarda tanto... —dijo la pata mientras lo empollaba—. No hay forma de que rompa. Pero fíjate en los otros y dime si no son los patitos más lindos que se hayan visto nunca. Todos se parecen a su padre, el muy bandido. ¿Por qué no vendrá a verme?

—Déjame echar un vistazo a ese huevo que no acaba de romper —dijo la anciana—. Te apuesto a que es un huevo de pava. Así fue como me engatusaron cierta vez a mí. ¡El trabajo que me dieron aquellos pavitos! ¡Imagínate! Le tenían miedo al agua y no había forma de hacerlos entrar en ella. Yo graznaba y los picoteaba, pero no me servía de nada. Déjame que vea el huevo... ¡Vaya, pero si es un huevo de pava! Anda, déjalo y ve a educar a tus polluelos.

—Creo que me quedaré empollando un ratito más —dijo la pata—. Lo he estado haciendo tanto tiempo que un poco más no me hará daño.

—Como quieras —dijo la pata vieja y se alejó contoneándose.

Por fin se rompió el enorme huevo. «¡Pip, pip!», dijo el pequeño, que salió rodando del cascarón. La pata vio lo grande y feo que era y exclamó:

—¡Dios mío, qué patito tan enorme! No se parece a ninguno de los otros. Sin embargo, me atrevo a asegurar que no se trata de ninguna cría de pavo. Para estar seguros habría que echarlo al agua, yo misma lo empujaré si es necesario.

Al día siguiente hizo un tiempo maravilloso. El sol resplandecía en las verdes hojas gigantescas. La mamá pata se acercó al foso con toda su familia y... ¡plaf!, saltó al agua.

—¡Cuac, cuac! —llamó, y uno tras otro los patitos se fueron colocando tras ella. El agua se cernía sobre sus cabezas, pero enseguida resurgían flotando magníficamente. Sus patas se movían sin el menor esfuerzo y al poco estuvieron todos en el agua. Hasta el patito gordo y gris nadaba con los otros.

—No, no es un pavo —dijo la pata—. Fijaos en la elegancia con la que nada y en lo derecho que se mantiene. Sin duda, uno de mis pequeñitos. Y si uno lo mira bien, se da cuenta enseguida de que es realmente muy guapo. ¡Cuac, cuac! Vamos, venid conmigo y dejadme que os enseñe el mundo y os presente al corral de los patos. Pero no os separéis mucho de mí, no sea que os pisoteen. Sobre todo, ¡tened mucho cuidado con el gato!

Así entraron en el corral de los patos. Allí se había organizado un escándalo espantoso, pues dos familias se estaban peleando por una cabeza de anguila que al final fue a parar al estómago del gato.

—¡Ya veis, así va el mundo! —dijo la mamá relamiéndose el pico, pues también a ella la entusiasmaban las cabezas de anguila—. ¡A ver! ¿Para qué tenéis las patitas? Id deprisa, y no dejéis de hacerle una bonita reverencia a esa anciana pata que está allí. Es la más distinguida de todos nosotros. Tiene en las venas sangre española y por eso es tan regordeta. Además, fijaos: lleva una cinta roja atada a una pata. Es la más alta distinción que puede alcanzar un pato, pues significa que nadie piensa deshacerse de ella y que deben respetarla todos, los animales y los hombres. ¡Andad bien derechos sin doblar las patitas! Los patos bien educados separan bien los pies, como mamá y papá. Eso es. Ahora haced una reverencia y decid: ¡cuac!

Todos obedecieron, pero los otros patos que estaban allí los miraron con desdén y exclamaron en voz alta:

—¡Vaya! ¡Como si ya no fuésemos bastantes! Ahora tendremos que soportar también a esa gentuza. ¡Uf!... ¡Qué patito tan feo! No podemos aguantarlo.

Uno de los patos salió corriendo y le dio un picotazo en el cuello.

—¡Dejadlo tranquilo! —dijo la mamá—. ¡No le hace daño a nadie!

—Sí, pero es demasiado grande y raro —dijo el que lo había picoteado— y no va a quedar más remedio que destriparlo.

—¡Qué criaturas más preciosas tiene la mamá pata! —dijo la vieja pata de la cinta roja—. Todos son muy hermosos excepto ése, que le ha salido algo raro. Me gustaría que pudieras hacerlo de nuevo.

—Eso ni pensarlo, señora —dijo la mamá de los patitos—. No es guapo, pero tiene muy buen carácter y nada tan bien como los otros; me atrevería a decir que incluso mejor. Espero que cuando crezca mejore su aspecto y que, con el tiempo, no parezca tan grande. Estuvo dentro del cascarón más de lo necesario, por eso no salió tan proporcionado como los otros. —Entonces le acarició el cuello con su pico y le alisó el plumón—. De todos modos, es macho y no importa tanto que sea un poco feo —añadió—. Estoy segura de que será muy fuerte y se abrirá camino en la vida.

—Estos otros patitos son encantadores —dijo la vieja pata—. Quiero que os sintáis como en vuestra casa, y si encontráis una cabeza de anguila me la podéis traer.

Con esta invitación todos se sintieron allí como si fueran de la familia.

Pero el pobre patito que había salido el último del cascarón y que tan feo les parecía a todos no recibió más que picotazos, empujones y burlas, lo mismo de los patos que de las gallinas.

—¡Qué grande y feo es! —decían todos.

Y el pavo, que había nacido con las espuelas puestas y por eso se creía un emperador, infló sus plumas como un barco a toda vela y se le echó encima con un cacareo tan estrepitoso que toda la cara se le puso roja como un tomate. El pobre patito no sabía dónde meterse. Se sentía terriblemente abatido por ser tan feo y porque todo el mundo se burlaba de él en el corral.

Así pasó el primer día. Durante los días siguientes las cosas fueron de mal en peor. El pobre patito se vio acosado por todos; incluso sus hermanos y hermanas lo maltrataban de vez en cuando y le decían:

—¡Ojalá te agarre el gato, grandullón!

Hasta su misma mamá decía para sí: «¡Qué lástima que no se pierda por el campo!».

Los patos lo pellizcaban, las gallinas lo picoteaban y, un día, la muchacha que traía la comida a las aves le dio un puntapié.

Entonces, harto ya de todo, el patito huyó del corral. Saltó revoloteando por encima de la cerca y los pajaritos que estaban en los arbustos echaron a volar espantados. «¡Es porque soy tan feo!», pensó el patito, cerrando los ojos pero sin dejar de correr. De esta manera llegó al gran pantano en el que viven los patos salvajes y allí se pasó toda la noche abrumado por el cansancio y la tristeza.

A la mañana siguiente, los patos salvajes remontaron el vuelo y observaron a su nuevo compañero.

—¿Tú quién eres? —le preguntaron mientras el patito les hacía reverencias lo mejor que sabía—. ¡Qué feo eres! —exclamaron los patos salvajes—. Pero eso no nos importa con tal que no quieras casarte con una de nuestras hermanas.

¡Pobre patito! No tenía la menor intención de casarse, sólo quería que lo dejasen estar tranquilo entre los juncos y beber un poco de agua del pantano.

Allí pasó dos días, hasta que llegó una pareja de gansos salvajes. No hacía mucho que habían dejado el nido, por eso eran tan impertinentes.

—Mira, muchacho —comenzaron diciéndole—, eres tan feo que nos caes bien. ¿Quieres venir con nosotros a otras tierras? En el otro pantano, cerca de aquí, viven unas gansitas salvajes preciosas, todas solteras, que saben graznar espléndidamente. Es la oportunidad de tu vida por feo que seas.

«¡Bang, bang!», se oyó en ese instante por encima de ellos, y los dos gansos cayeron muertos entre los juncos tiñendo el agua con su sangre. Al retumbar nuevos disparos se alzaron de entre los juncos bandadas de gansos salvajes, con lo que menudearon los tiros. Se había organizado una importante cacería y los tiradores rodeaban el pantano; algunos hasta se habían sentado en las ramas de los árboles que se extendían sobre los juncos. Nubes de humo azul se alzaban de entre el oscuro ramaje y se mantenían sobre el agua.

Los perros de caza aparecieron chapoteando por el lodo del pantano doblando aquí y allá las cañas y los juncos en su avance. Aquello aterrorizó al pobre patito, que ya se disponía a ocultar la cabeza bajo el ala cuando apareció junto a él un perro enorme y espantoso: la lengua le colgaba de la boca y sus ojos miraban con un brillo terrible. Acercó su hocico al patito, le enseñó sus agudos dientes y de pronto... ¡plaf!... ¡se fue corriendo sin tocarlo!

«¡Menos mal! Por suerte soy tan feo que ni el perro tiene ganas de comerme», se dijo, y se mantuvo muy quieto mientras los perdigones silbaban sobre los juncos y las descargas atronaban el aire una tras otra.

Era muy tarde cuando las cosas se calmaron, y aun entonces el pobre polluelo no se atrevió a levantarse. Todavía esperó varias horas antes de arriesgarse a echar un vistazo y salir del pantano todo lo rápido que pudo. Echó a correr por campos y praderas, pero hacía tanto viento que le costaba mucho trabajo mantener su carrera.

Hacia el crepúsculo llegó a una pobre cabaña de labradores. Era tan ruinosa que ni siquiera sabía de qué lado derrumbarse, y en la duda permanecía de pie. El viento soplaba tan ferozmente alrededor del patito que éste tuvo que sentarse sobre su propia cola para no ser arrastrado por el huracán, que soplaba cada vez con mayor fuerza. Entonces vio que una de las bisagras de la puerta se había caído y que la hoja colgaba con una inclinación tal que le sería fácil pasar por la estrecha abertura y entrar en la cocina, y así lo hizo.

En la cabaña vivía una anciana con su gato y su gallina. El gato, a quien la anciana llamaba «hijito», sabía arquear el lomo y ronronear; hasta era capaz de echar chispas si lo acariciaban a contrapelo. La gallina tenía unas patas tan cortas que le habían puesto por nombre Gallinita Patascortas. Era una gran ponedora y la anciana la quería como si fuera su propia hija.

Cuando llegó la mañana, el gato y la gallina no tardaron en descubrir al extraño patito. El gato lo saludó ronroneando y la gallina con su cacareo.

—¿Qué pasa? —preguntó la vieja mirando a su alrededor. No andaba muy bien de la vista, así que creyó que el patito feo era una pata regordeta que se había perdido.

—¡Qué suerte! —dijo—. Ahora tendremos huevos de pata. ¡Con tal que no sea macho! Le daremos unos días de prueba.

Así que al patito le dieron tres semanas de plazo para poner, al término de las cuales, por supuesto, no había ni rastro de huevos. En aquella casa el gato era el dueño y la gallina la dueña, y siempre que hablaban de sí mismos solían decir: «Nosotros y el mundo», porque opinaban que ellos solos formaban la mitad del mundo y, además, la mejor parte. El patito pensaba otra cosa, pero la gallina ni siquiera quiso oírlo.

—¿Puedes poner huevos? —le preguntó.

—No.

—Pues, entonces, ¡cállate!

Y el gato le preguntó:

—¿Puedes arquear el lomo, ronronear o echar chispas?

—No.

—Pues entonces, guárdate tus opiniones cuando hable la gente sensata.

El patito fue a sentarse en un rincón, muy desanimado. Pero de pronto recordó el aire fresco y el sol, y sintió una nostalgia tan grande de irse a nadar en el agua que, sin poder evitarlo, fue y se lo contó a la gallina.

—¡Vamos! ¿Qué te pasa? —le dijo ella—. Bien se ve que no tienes nada que hacer, por eso piensas tantas tonterías. Pon huevos y ronronea, verás que enseguida se te van esas ideas.

—¡Pero es tan hermoso nadar en el agua! —dijo el patito feo—. ¡Es tan delicioso zambullir la cabeza y bucear hasta el mismo fondo!

—Sí, muy agradable —dijo la gallina—. Me parece que te has vuelto loco. Pregúntale al gato, ¡no hay nadie tan listo como él! ¡Pregúntale a nuestra vieja ama, la mujer más sabia del mundo! ¿Crees que a ella le gusta nadar y zambullirse?

—No me comprendes —dijo el patito.

—Pues claro que no te comprendo, no creo que nadie te pueda entender; seguro que no pretenderás ser más sabio que el gato y que la señora, por no mencionarme a mí misma. ¡No seas tonto, muchacho! ¿Acaso no estás en un hogar cálido y confortable, donde te hacen compañía quienes pueden enseñarte? Pero veo que eres un tonto y a nadie le hace gracia tenerte aquí. Te doy mi palabra de que si te digo cosas desagradables es por tu propio bien; sólo los buenos amigos nos dicen las verdades. Haz ahora tu parte y aprende a poner huevos o a ronronear y echar chispas.

—Creo que iré a recorrer el ancho mundo —dijo el patito.

—Pues vete —dijo la gallina.

Así fue como el patito se marchó. Nadó y se zambulló, pero ningún animal quería tratar con él por lo feo que era.

Pronto llegó el otoño. Las hojas en el bosque se tornaron amarillas o pardas, el viento las arrancó y las hizo girar en remolinos y los cielos tomaron un aspecto hosco y frío. Las nubes colgaban bajas cargadas de granizo

y nieve y el cuervo, que solía posarse en la tapia, graznaba «¡jau, jau!», de frío que tenía. Sólo de pensarlo le daban a uno escalofríos. Sí, el pobre patito feo lo estaba pasando muy mal.

Cierta tarde, mientras el sol se ponía en un maravilloso crepúsculo, emergió de entre los arbustos una bandada de grandes y hermosas aves. El patito no había visto nunca unos animales tan espléndidos. Eran de una blancura resplandeciente y tenían largos y esbeltos cuellos. Se trataba de cisnes. A la vez que lanzaban un fantástico grito, extendieron sus largas, sus magníficas alas, y remontaron el vuelo alejándose de aquel frío hacia los lagos abiertos y las tierras cálidas.

Se elevaron alto, muy alto, y el patito feo sintió una extraña inquietud. Comenzó a dar vueltas y vueltas en el agua lo mismo que una rueda, estirando el cuello en la dirección que seguían, y lanzó un grito tan extraño que él mismo se asustó al oírlo. ¡Ah, jamás podría olvidar aquellos hermosos y felices pájaros! En cuanto los perdió de vista, se sumergió derecho hasta el fondo y se sintió fuera de sí cuando regresó a la superficie. No tenía ni idea de cuál podría ser el nombre de aquellas aves ni de adónde se dirigían; sin embargo, eran más importantes para él que todas las que había conocido hasta entonces. No las envidiaba, pues no se atrevía a desear para sí mismo aquel esplendor. Se habría dado por satisfecho con que los patos lo hubieran admitido entre ellos. ¡Era un pobre animal feo y estrafalario!

¡Qué frío se presentaba aquel invierno! El patito se veía forzado a nadar incesantemente para impedir que el agua se congelase a su alrededor. Pero cada noche el hueco en el que nadaba se hacía más y más pequeño. Luego vino una helada tan fuerte que el patito, para que el agua no se cerrase del todo, tuvo que mover las patas todo el tiempo en el hielo crujiente. Por fin, debilitado por el esfuerzo, se quedó muy quieto y empezó a congelarse rápidamente sobre el hielo.

A la mañana siguiente, muy temprano, lo encontró un campesino. Rompió el hielo con uno de sus zuecos de madera, lo sacó del agua y lo llevó a su casa, donde su mujer se encargó de reanimarlo.

Los niños querían jugar con él, pero el patito feo temió que le hicieran daño y se metió espantado en el cántaro de leche, que se derramó por todo el suelo. La mujer gritó y dio unas palmadas en el aire y él, más asustado aún, alzó un poco el vuelo y se metió en la artesa de la mantequilla, y desde allí se lanzó de cabeza al barril de harina, de donde salió hecho una lástima. ¡Menudo aspecto tenía! La mujer chillaba y quería darle con la escoba mientras los niños tropezaban unos con otros tratando de atraparlo. ¡Cómo gritaban y se reían! Fue una suerte que la puerta estuviese abierta. El patito se precipitó afuera, se escapó entre los arbustos y se dejó caer atontado sobre la nieve recién caída.

Pero sería demasiado penoso describir todos los apuros y desdichas que el patito tuvo que sufrir durante aquel crudo invierno. Estaba refugiado entre los juncos del pantano cuando las alondras comenzaron a cantar y el sol a calentar de nuevo: llegaba la hermosa primavera.

Entonces, de repente, probó sus alas: el zumbido que hicieron fue mucho más fuerte que otras veces y lo arrastraron rápidamente a lo alto. Casi sin darse cuenta, se encontró en un vasto jardín con manzanos en flor y fragantes lilas que colgaban de las verdes ramas sobre un sinuoso arroyo. ¡Oh, qué agradable era estar allí rodeado de la fragancia de la primavera! De pronto, frente a él surgieron de la espesura tres espléndidos cisnes blancos rizando sus plumas y dejándose mecer con suavidad por la corriente del agua. El patito feo reconoció a aquellas espléndidas criaturas que una vez había visto levantar el vuelo y se sintió sobrecogido por una extraña melancolía.

«¡Volaré hacia esas regias aves! —se dijo—. Me darán picotazos hasta matarme por haberme atrevido, feo como soy, a aproximarme a ellas, pero ¡qué importa! Prefiero que me maten ellas a sufrir los pellizcos de los patos, los picotazos de las gallinas, los golpes de la muchacha que cuida las aves y los rigores del invierno.»

Y así, voló hasta el agua y nadó hacia los hermosos cisnes. Éstos, en cuanto lo vieron, se le acercaron con las plumas encrespadas.

—¡Sí, matadme, matadme! —gritó la desventurada criatura inclinando la cabeza sobre el agua a la espera de la muerte. Pero ¿qué es lo que vio entonces en la límpida corriente? ¡Vio su propia imagen, pero ya no era el reflejo de un pájaro torpe y gris, feo y repugnante, sino el reflejo de un cisne! ¡Poco importa haber nacido en un corral de patos cuando uno ha salido de un huevo de cisne! Se sintió recompensado por tantas penalidades y desgracias pasadas y sólo pudo pensar en la alegría y la belleza que le esperaban. Mientras, los tres grandes cisnes nadaban y nadaban a su alrededor y lo acariciaban con sus picos.

En el jardín entraron unos niños que lanzaban al agua pedazos de pan y semillas. El más pequeño exclamó:

—¡Ahí va un nuevo cisne!

Y los otros niños corearon con gritos de alegría:

—¡Sí, hay un cisne nuevo!

Batieron palmas y bailaron, y corrieron a buscar a sus padres. Echaron pedacitos de pan y de pasteles en el agua y todo el mundo dijo:

—¡El nuevo es el más hermoso! ¡Qué joven y esbelto es!

Los cisnes adultos se inclinaron ante él. Esto lo llenó de timidez y escondió la cabeza bajo el ala sin que supiese explicarse la razón. Era inmensamente feliz aunque no había en él ni una pizca de orgullo, pues éste no cabe en los corazones bondadosos. Mientras recordaba los desprecios y las humillaciones del pasado, oía cómo todos decían ahora que era el más hermoso de los cisnes. Las lilas inclinaron sus ramas ante él bajándolas hasta tocar el agua y los rayos del sol eran cálidos y amables. Entonces ahuecó sus plumas, alzó el esbelto cuello y su corazón se llenó de gozo. Exclamó:

—Entonces, en los tiempos en los que era sólo un patito feo, jamás soñé que podría haber tanta felicidad.

HISTORIA DE UNA MADRE

Estaba una madre sentada junto a la cuna de su hijito muy afligida y angustiada, pues temía que el pequeño se muriera. El niño, en efecto, estaba pálido como la cera, tenía los ojitos medio cerrados y respiraba casi imperceptiblemente; de vez en cuando hacía una aspiración profunda, como un suspiro. La tristeza de la madre aumentaba por momentos al contemplar a la tierna criatura.

Llamaron a la puerta y entró un hombre viejo y pobre envuelto en un holgado cobertor que parecía una manta de caballo; son mantas que calientan, pero él estaba helado. Se hallaban en lo más crudo del invierno; en la calle todo aparecía cubierto de hielo y nieve y soplaba un viento cortante.

Como el viejo tiritaba de frío y el niño se había quedado dormido, la madre se levantó y puso a calentar cerveza en un bote sobre la estufa para reanimar al anciano. Éste se había sentado junto a la cuna y mecía al niño. La madre volvió a su lado y se quedó contemplando al pequeño, que respiraba fatigosamente y levantaba la manita.

—¿Crees que vivirá? —preguntó la madre—. ¡El buen Dios no querrá quitármelo!

El viejo, que era la Muerte en persona, hizo un gesto extraño con la cabeza, que lo mismo podía ser afirmativo que negativo. La mujer bajó los ojos y las lágrimas rodaron por sus mejillas. Tenía la cabeza embotada, llevaba tres noches sin dormir y se quedó un momento como aletargada, pero enseguida volvió en sí temblando de frío.

—¿Qué es esto? —gritó mirando en todas direcciones. El viejo se había marchado y la cuna estaba vacía. ¡Se había llevado al niño! El reloj del rincón dejó escapar un ruido sordo, la gran pesa de plomo cayó rechinando hasta el suelo y... ¡paf!, las agujas se detuvieron.

La desolada madre salió corriendo a la calle en busca de su hijo. En medio de la nieve encontró a una mujer vestida con un largo ropaje negro que le dijo:

—La Muerte ha estado en tu casa; lo sé porque la vi escapar con tu hijito. Volaba como el viento. ¡Jamás devuelve lo que se lleva!

—¡Dime por dónde se fue! —suplicó la madre—. ¡Enséñame el camino y la alcanzaré!

—Conozco el camino —respondió la mujer vestida de negro—, pero antes de decírtelo tienes que cantarme todas las canciones con las que meciste a tu pequeño. Me gustan y las oí muchas veces, pues soy la Noche. He visto correr tus lágrimas mientras cantabas.

—¡Te las cantaré todas, todas —dijo la madre—, pero no me detengas, que debo alcanzarla para encontrar a mi hijo!

Pero la Noche permaneció muda e inmóvil y la madre, retorciéndose las manos de angustia, cantó y lloró; y fueron muchas las canciones, pero más aún fueron las lágrimas. Entonces dijo la Noche:

—Ve hacia la derecha por el tenebroso bosque de abetos. En él vi desaparecer a la Muerte con el niño.

Muy adentro del bosque se bifurcaba el camino y la mujer no sabía por dónde ir. Allí se levantaba un zarzal sin hojas ni flores, pues era invierno, y las ramas estaban cubiertas de nieve y hielo.

—¿Has visto pasar a la Muerte con mi hijito? —preguntó la madre.

—Sí —respondió el zarzal—, pero no te diré el camino que tomó si antes no me calientas apretándome contra tu pecho; me muero de frío y mis ramas están heladas.

Ella estrechó el zarzal contra su pecho apretándolo bien para calentarlo, las espinas se le clavaron en la carne y la sangre fluyó a grandes gotas. Y del zarzal brotaron hojas frescas y bellas flores en la noche invernal, ¡tal era el ardor con el que la acongojada madre lo había estrechado contra su corazón! Entonces la planta le indicó el camino a seguir.

La madre llegó a un gran lago en el que no se veía ninguna embarcación. No estaba suficientemente helado para sostener su peso y era demasiado profundo para poder vadearlo; sin embargo, ella no tenía más remedio que cruzarlo si quería encontrar a su hijo. Entonces se echó al suelo dispuesta a beberse toda el agua, pero ¿qué ser humano sería capaz de hacerlo? Aun así, la angustiada madre no perdía la esperanza de que se produjera un milagro.

—¡No, no lo conseguirás! —dijo el lago—. Será mejor que hagamos un trato. Me gusta coleccionar perlas y tus ojos son las perlas más puras que jamás he visto. Si estás dispuesta a desprenderte de ellos a fuerza de llorar, te conduciré al gran invernadero donde reside la Muerte; en él cuida flores y árboles, y cada planta es una vida humana.

—¡Ay, qué no diera yo por llegar adonde está mi hijo! —exclamó la pobre madre, que se echó a llorar con más desconsuelo aún hasta que sus ojos se le desprendieron y cayeron al fondo del lago, donde quedaron convertidos en maravillosas perlas. El lago la levantó entonces columpiándola y de un solo impulso la situó en la orilla opuesta. Allí se alzaba un gran edificio cuya fachada tenía más de una milla de largo. No se apreciaba bien si era una montaña con bosques y cuevas o si era una obra de albañilería, y menos aún podía apreciarlo la pobre madre que había perdido sus ojos a fuerza de llorar.

—¿Dónde encontraré a la Muerte, que se fue con mi hijito? —preguntó.

—No ha llegado todavía —dijo la vieja sepulturera que cuida el gran invernadero de la Muerte—. ¿Quién te ha ayudado a encontrar este lugar?

—El buen Dios me ha ayudado —dijo la madre—. Es misericordioso y tú lo serás también. ¿Dónde puedo encontrar a mi hijo?

—No lo sé —respondió la mujer—, y veo que eres ciega. Esta noche se han marchitado muchos árboles y flores, la Muerte no tardará en venir a trasplantarlos. Ya sabes que cada persona tiene su propio árbol o su flor de la vida, según su naturaleza. Parecen plantas corrientes, pero en ellas palpita un corazón; también puede latir el corazón de un niño. Tal vez puedas

reconocer el latido del corazón de tu hijo, pero ¿qué me darás si te digo lo que tienes que hacer?

—No me queda nada para darte —dijo la afligida madre—, pero por ti iré hasta el fin del mundo.

—Allí no hay nada que me interese —respondió la mujer—, pero puedes cederme tu larga cabellera negra, sabes muy bien que es hermosa y a mí también me gusta. A cambio te daré yo la mía, que es blanca, pero también te servirá.

—¿Nada más? —preguntó la madre—. Pues tómala.

Le dio a la vieja su hermoso cabello y se quedó con el de ella, blanco como la nieve.

Entonces entraron en el gran invernadero de la Muerte, en el que crecían árboles y flores mezclados de forma maravillosa. Había preciosos jacintos bajo campanas de cristal y grandes peonías fuertes como árboles, y también había plantas acuáticas, algunas en flor y otras de aspecto enfermizo. Las rodeaban serpientes de agua y unos cangrejos negros se agarraban a sus tallos. Crecían palmeras soberbias, robles y plátanos, y tampoco faltaban el perejil ni el tomillo; cada árbol y cada flor tenía su propio nombre, pues cada uno era una vida humana. La persona correspondiente vivía aún: éste en la China, ese otro en Groenlandia o en cualquier otra parte del mundo. Había grandes árboles plantados en macetas tan pequeñas y estrechas que parecían a punto de estallar; en cambio, se veían míseras florecillas emergiendo de una tierra grasa cubierta de musgo en toda su superficie. La desolada madre fue inclinándose sobre las plantas más diminutas escuchando el latido del corazón humano que había en cada una, y entre millones de ellas reconoció el de su hijo.

—¡Es éste! —exclamó alargando la mano hacia una pequeña flor azul de azafrán que se inclinaba de un lado, gravemente enferma.

—¡No toques la flor! —dijo la vieja—. Quédate aquí y cuando llegue la Muerte, pues la estoy esperando de un momento a otro, no dejes que arranque la planta; amenázala con hacer tú lo mismo con otras plantas y entonces tendrá miedo. Es responsable de ellas ante Dios y sin permiso de Él no debe arrancarse ninguna.

De pronto se sintió un frío glacial en el recinto y la madre ciega comprendió que llegaba la Muerte.

—¿Cómo encontraste el camino hasta aquí? —preguntó ésta—. ¿Cómo has podido llegar antes que yo?

—¡Soy madre! —respondió ella.

La Muerte alargó su mano huesuda hacia la flor de azafrán, pero la mujer interpuso las suyas con gran firmeza, aunque temerosa de tocar alguna de sus hojas. La Muerte sopló sobre sus manos y ella sintió que su soplo era más frío que el viento polar, y sus manos cedieron y cayeron inertes.

—¡Nada podrás hacer contra mí! —exclamó la Muerte.

—¡Pero sí puede el buen Dios! —replicó la mujer.

—¡Yo sólo hago su voluntad! —añadió la Muerte—. Soy su jardinero. Tomo todos sus árboles y flores y los trasplanto al jardín del Paraíso, en la tierra desconocida; tú no sabes cómo es ni lo que sucede en el jardín y yo no puedo decírtelo.

—¡Devuélveme a mi hijo! —rogó la madre prorrumpiendo en llanto. Bruscamente puso las manos sobre dos hermosas flores y le gritó a la muerte—: ¡Las arrancaré todas, pues estoy desesperada!

—¡No las toques! —exclamó la muerte—. Dices que eres desgraciada y pretendes hacer a otra madre tan desdichada como tú.

—¡Otra madre! —dijo la pobre mujer soltando las flores—. ¿Quién es esa madre?

—Ahí tienes tus ojos —dijo la Muerte—, los he sacado del lago, pues ¡brillaban tanto!... No sabía que eran los tuyos. Tómalos, son más claros que antes. Mira luego en el profundo pozo que está a tu lado, te diré los nombres de las dos flores que querías arrancar y verás todo su porvenir, todo el curso de su vida. Descubrirás lo que estuviste a punto de destruir.

Ella miró al fondo del pozo y era delicioso observar cómo una de las flores era una bendición para el mundo y ver cuánta felicidad y ventura esparcía a su alrededor. En cambio, la vida de la otra flor estaba llena de tristeza y miseria, dolor y privaciones.

—Las dos son lo que Dios ha dispuesto —dijo la Muerte.

—¿Cuál es la flor de la desgracia y cuál es la de la ventura? —preguntó la madre.

—Eso no te lo diré —contestó la Muerte—. Sólo sabrás que una de ellas es la de tu propio hijo. Has visto el destino que le estaba reservado a tu niño, su porvenir en el mundo.

La madre lanzó un grito de horror.

—¿Cuál de las dos es mi hijo? ¡Dímelo, sácame de la incertidumbre! Pero si es el desgraciado, líbralo de la miseria y llévatelo primero. ¡Llévatelo al reino de Dios! ¡Olvídate de mis lágrimas, olvídate de mis súplicas y de todo lo que dije e hice!

—No te comprendo —dijo entonces la Muerte—. ¿Quieres que te devuelva a tu hijo o prefieres que me vaya con él adonde ignoras lo que le sucederá?

La madre, retorciéndose las manos, cayó de rodillas y elevó esta plegaria a Dios nuestro señor:

—¡No me escuches cuando te pida algo que vaya contra tu voluntad, que es la más sabia! ¡No me escuches! ¡No me escuches!

Y dejó caer la cabeza sobre el pecho mientras la Muerte se alejaba con el niño hacia el mundo desconocido.

EL TRAJE NUEVO DEL EMPERADOR

Hace muchos años había un emperador tan aficionado a los trajes nuevos que gastaba todo su dinero en vestir con la máxima elegancia.

No se interesaba por sus soldados ni por el teatro, ni le gustaba salir de paseo por el campo a menos que fuera para lucir sus trajes nuevos. Tenía un vestido distinto para cada hora del día, y de la misma manera que se dice de un rey: «Está en el consejo», de nuestro hombre se decía: «El emperador está en el vestuario».

La ciudad en la que vivía el emperador era muy alegre y bulliciosa. Todos los días llegaban a ella muchísimos extranjeros, y una vez se presentaron dos truhanes que se hicieron pasar por tejedores, asegurando que sabían tejer las telas más maravillosas. Los truhanes no solamente pregonaban que eran de hermosísimos colores y dibujos, sino que las prendas confeccionadas con ellas poseían la milagrosa virtud de ser invisibles para toda persona indigna de su cargo o que fuera irremediablemente estúpida.

«¡Deben ser vestidos magníficos! —pensó el emperador—. Si los tuviese, podría averiguar qué funcionarios del reino son ineptos para el cargo que ocupan. Podría distinguir entre los inteligentes y los tontos. Pues ya está, ¡que se pongan enseguida a tejer la tela!» Y mandó abonar a los dos pícaros una buena bolsa de monedas por adelantado para que empezaran a trabajar cuanto antes.

Ellos montaron un telar y simularon que trabajaban, pero no tenían nada urdido en la máquina. A pesar de ello se hicieron suministrar las sedas más finas y el oro de mejor calidad, que se embolsaron sin escrúpulos mientras seguían haciendo como que trabajaban hasta muy entrada la noche en los telares vacíos.

«Me gustaría saber si avanzan con la tela», pensó el emperador. Pero había una cuestión que le producía cierta inquietud: el hecho de que un hombre que fuera estúpido o inepto para su cargo no pudiera ver lo que aquellos dos estaban tejiendo. No es que temiera por sí mismo, pues en ese sentido estaba tranquilo, pero, por si acaso, prefería enviar primero a otro para cerciorarse de cómo andaban las cosas. Todos los habitantes de la ciudad estaban informados de la particular virtud de aquella tela y todos estaban impacientes por ver hasta qué punto su vecino era estúpido o incapaz.

«Enviaré a mi viejo ministro a que visite a los tejedores —pensó el emperador—. Es un hombre honrado y el más indicado para juzgar las cualidades de la tela, pues tiene talento y no hay quien desempeñe el cargo mejor que él.»

El viejo y digno ministro se presentó, pues, en la sala ocupada por los dos embaucadores, los cuales seguían trabajando en los telares vacíos. «¡Dios nos ampare! —pensó el ministro para sus adentros, abriendo los ojos como platos—. ¡Pero si no veo nada!» Sin embargo, no hizo ningún comentario.

Los dos fulleros le rogaron que se acercase y le preguntaron si no encontraba magníficos el color y el dibujo. Le señalaban el telar vacío y el pobre hombre seguía con los ojos desencajados, pero sin ver nada, puesto que nada había. «¡Dios santo! —pensó— ¿Seré tonto acaso? Jamás lo habría creído, y nadie debe saberlo. ¿Es posible que sea inútil para el cargo? No, desde luego no puedo decir que no he visto la tela.»

—¿Qué? ¿No dice vuecencia nada del tejido? —preguntó uno de los tejedores.

—¡Oh, precioso, maravilloso! —respondió el viejo ministro mirando a través de los lentes—. ¡Qué dibujo y qué colores! Desde luego, diré al emperador que me ha gustado muchísimo.

—Nos da una gran alegría —respondieron los dos tejedores mencionándole los nombres de los colores y describiéndole el raro dibujo. El viejo tuvo buen cuidado de retener las explicaciones en la memoria para poder repetírselas al emperador, y así lo hizo.

Los estafadores pidieron entonces más dinero, seda y oro con la excusa de que lo necesitaban para seguir tejiendo. Pero todo fue a parar a sus bolsillos, pues ni una hebra se empleó en el telar, y ellos continuaron como antes, trabajando en las máquinas vacías.

Poco después el emperador envió a otro funcionario de su confianza a inspeccionar el estado de la tela e informarse de si quedaría lista pronto. Al segundo le ocurrió lo que al primero: miró y miró, pero como en el telar no había nada, nada pudo ver.

—¿Verdad que es una tela bonita? —preguntaron los dos tramposos señalando y explicando el precioso dibujo que no existía.

«Yo no soy tonto —pensó el hombre—, y el empleo que tengo no lo suelto. Sería muy fastidioso. Es preciso que nadie se dé cuenta.» Y se deshizo en alabanzas de la tela que no veía y ponderó su entusiasmo por aquellos hermosos colores y aquel soberbio dibujo.

—¡Es digno de admiración! —le dijo al emperador.

Todos los moradores de la capital hablaban tanto de la magnífica tela que el emperador quiso verla con sus propios ojos antes de que la sacasen del telar. Seguido de una multitud de personajes escogidos, entre los cuales figuraban los dos altos funcionarios que hemos mencionado, se encaminó a la casa donde estaban los pícaros, que continuaban tejiendo con todas sus fuerzas, aunque sin hebras ni hilados.

—¿Verdad que es admirable? —preguntaron los dos honrados dignatarios—. Fíjese vuestra majestad en estos colores y estos dibujos. —Y señalaban el telar vacío creyendo que los demás veían la tela.

«¡Cómo! —pensó el emperador—. ¡Yo no veo nada! ¡Esto es terrible! ¿Seré tan tonto? ¿Acaso no sirvo para emperador? Sería espantoso.»

—¡Oh, sí, es muy bonita! —dijo—. Me gusta, la apruebo.

Y con un gesto de agrado miraba el telar vacío, pues no quería confesar que no veía nada.

Todos los componentes de su séquito miraban y remiraban, pero ninguno sacaba nada en limpio; a pesar de ello todos exclamaban, igual que el emperador: «¡Oh, qué bonito!», y le aconsejaron que estrenase el vestido confeccionado con aquella tela en la procesión que debía celebrarse próximamente.

—¡Es precioso, elegantísimo, estupendo! —exclamaban todos, y todo el mundo parecía extasiado con aquel ropaje.

El emperador concedió una condecoración a cada uno de los dos bribones para que se las prendieran en el ojal y los nombró tejedores imperiales.

Durante toda la noche anterior al día de la fiesta, los dos embaucadores estuvieron levantados con dieciséis lámparas encendidas para que la gente viese que trabajaban activamente en la confección de los nuevos vestidos del soberano. Simularon quitar la tela del telar, cortarla con grandes tijeras y coserla con agujas sin hebra; finalmente dijeron:

—¡Por fin, el vestido está listo!

El emperador llegó en compañía de sus caballeros principales y los dos truhanes, levantando los brazos como si sostuvieran algo, dijeron:

—Esto son los pantalones. Ahí está la casaca. Aquí tienen el manto... Las prendas son ligeras como si fuesen de telaraña; uno creería no llevar nada sobre el cuerpo, pero precisamente eso es lo bueno de la tela.

—¡Sí! —asintieron todos los cortesanos a pesar de que no veían nada, pues nada había.

—¿Quiere dignarse vuestra majestad quitarse el traje que lleva —dijeron los dos bribones— para que podamos vestirle con el nuevo delante del espejo?

El emperador se quitó sus prendas y los dos simularon ponerle las diversas piezas del vestido nuevo que pretendían haber terminado poco antes. Sujetaron al emperador por la cintura e hicieron como si le atasen algo, seguramente la cola del vestido, y el monarca no paraba de dar vueltas delante del espejo.

—¡Dios, qué bien le sienta, le va estupendamente! —exclamaban todos—. ¡Vaya dibujo y vaya colores! ¡Es un traje precioso!

—El palio bajo el cual irá vuestra majestad durante la procesión aguarda ya en la calle —anunció el maestro de ceremonias.

—Muy bien, estoy listo —dijo el emperador—. ¿Verdad que me sienta bien? —Y se volvió una vez más de cara al espejo para que todos creyeran que veía el vestido.

Los ayudas de cámara encargados de sostener la larga cola bajaron las manos al suelo como para levantarla y avanzaron con ademán de sostener algo en el aire; por nada del mundo habrían confesado que no veían nada. De este modo echó a andar el emperador bajo el magnífico palio mientras el gentío, desde la calle y las ventanas, decía:

—¡Qué preciosos son los nuevos ropajes del emperador! ¡Qué magnífica cola lleva el traje! ¡Qué hermoso es todo!

Nadie permitía que los demás se diesen cuenta de que no veía nada, para no ser tenido por incapaz en su cargo o por estúpido. Ningún traje del monarca había tenido tanto éxito como aquél.

—¡Pero si no lleva nada! —exclamó de pronto un niño.

—¡Dios bendito, escuchen la voz de la inocencia! —dijo su padre; y todo el mundo se fue repitiendo al oído lo que acababa de decir el pequeño.

—¡No lleva nada, es un chiquillo el que dice que no lleva nada!

—¡Pero si no lleva nada! —gritó al fin el pueblo entero.

Aquello inquietó al emperador, pues sospechaba que el pueblo tenía razón, pero pensó: «Hay que aguantar hasta el final». Por eso siguió más altivo que antes y los ayudas de cámara continuaron sosteniendo en vilo la inexistente cola.

LA PRINCESA DEL GUISANTE

Había una vez un príncipe que quería casarse con una princesa, pero debía ser princesa de verdad. Por eso atravesó el mundo entero para encontrar una, aunque siempre topaba con algún inconveniente. Es verdad que había bastantes princesas, pero nunca podía averiguar si lo eran de verdad; siempre hallaba en ellas algo sospechoso. Volvió muy afligido, porque ¡le habría gustado tanto encontrar una verdadera princesa...!

Una noche se levantó una terrible tempestad, se sucedían relámpagos y truenos y la lluvia caía a torrentes; era verdaderamente espantoso. Llamaron entonces a la puerta del castillo y el anciano rey fue a abrir. Era una princesa. Pero, Dios mío, ¡cómo la habían puesto la lluvia y la tormenta! El agua chorreaba por sus cabellos y vestidos y le entraba por la punta de los zapatos y le salía por los talones, pero ella decía que era una verdadera princesa.

«¡Bueno, eso pronto lo sabremos!», pensó la vieja reina, y sin decir nada fue al dormitorio, sacó todos los colchones de la cama y puso un guisante sobre el tablado. Luego tomó veinte colchones y los colocó sobre el guisante, y además veinte edredones encima de los colchones. Ésa era la cama en la que debía dormir la princesa.

A la mañana siguiente le preguntaron cómo había pasado la noche.

—¡Oh, pésimamente! —dijo la princesa—. ¡Apenas he podido cerrar los ojos en toda la noche! Sabe Dios lo que había en mi cama. ¡He estado acostada sobre una cosa dura que me ha llenado todo el cuerpo de cardenales! ¡Es verdaderamente una desdicha!

Eso probaba que era una verdadera princesa, puesto que a través de veinte colchones y de veinte edredones había notado el guisante. Sólo una verdadera princesa podía ser tan delicada.

Entonces el príncipe la tomó por esposa, pues ahora sabía que se casaba con una princesa de verdad, y el guisante lo llevaron al museo, en donde se puede ver todavía, a no ser que alguien se lo haya llevado.

He aquí una historia verdadera.

EL SOLDADITO DE PLOMO

Éranse una vez veinticinco soldados de plomo; todos ellos eran hermanos, pues los habían fundido de una misma cuchara vieja. Llevaban el fusil al hombro y miraban de frente; el uniforme rojo y azul era precioso. Las primeras palabras que oyeron en cuanto se levantó la tapa de la caja que los contenía fue: «¡Soldados de plomo!». Las pronunció un chiquillo dando una gran palmada. Eran el regalo de su cumpleaños, y los alineó sobre la mesa. Todos eran exactamente iguales excepto uno que se distinguía un poquito de los demás: le faltaba una pierna, pues había sido fundido el último y el plomo no había sido suficiente. Pero con una pierna se sostenía tan firme como los otros con dos, y de él precisamente vamos a hablar aquí.

En la mesa donde los colocaron había otros muchos juguetes; entre ellos destacaba un bonito castillo de papel por cuyas ventanas se veían las salas interiores. Enfrente, unos arbolitos rodeaban un espejo que parecía un lago en el cual flotaban y se reflejaban unos cisnes de cera. Todo era en extremo primoroso, pero lo más bonito era una muchachita que estaba en la puerta del castillo. Ella también era de papel y llevaba un hermoso vestido y una estrecha banda azul en los hombros a modo de fajín con una reluciente estrella de oropel en el centro tan grande como su cara. La chiquilla tenía los brazos extendidos, pues era una bailarina, y una pierna tan levantada que el soldado de plomo, como no alcanzaba a verla, acabó por creer que sólo tenía una pierna como él.

«He aquí la mujer que necesito —pensó—. Pero está en una posición muy elevada para mí: vive en un palacio y yo por toda vivienda sólo tengo una caja, y encima somos veinticinco los que vivimos en ella; no es lugar para una princesa. Sin embargo, intentaré entablar relaciones.»

Entonces se situó detrás de una tabaquera que había sobre la mesa desde la cual podía contemplar a sus anchas a la distinguida damita, que continuaba sosteniéndose sobre un pie sin caerse.

Al anochecer los soldados de plomo, salvo nuestro protagonista, fueron guardados en su caja y los habitantes de la casa se retiraron a dormir. Éste era el momento que los juguetes aprovechaban para jugar por su cuenta a «visitas», a «guerra» o a «baile»; los soldados de plomo alborotaban en su caja porque querían participar en las diversiones pero no podían levantar la tapa. El cascanueces era dar volteretas todo él, y el pizarrín no paraba de divertirse en la pizarra. Con el ruido se despertó el canario, el cual intervino también en el jolgorio recitando versos. Los únicos que no se movieron de su sitio fueron el soldado de plomo y la bailarina; ésta seguía sosteniéndose sobre la punta del pie y él sobre su única pierna, pero sin desviar ni por un momento los ojos de ella.

El reloj marcó las doce y... ¡pum!, saltó la tapa de la tabaquera, pero lo que había dentro no era rapé, sino un duendecillo negro. Era un juguete sorpresa.

—Soldado de plomo —dijo el duende—, ¡no mires así!

Pero el soldado se hizo el sordo.

—¡Espera a que llegue la mañana, ya verás! —añadió el duende.

Cuando los niños se levantaron pusieron el soldado en la ventana y, ya fuera por obra del duende o del viento, ésta se abrió de repente y el soldadito se precipitó de cabeza cayendo desde una altura de tres pisos. Fue una caída terrible. Quedó clavado de cabeza entre los adoquines, con la pierna estirada y la bayoneta hacia abajo.

La criada y el chiquillo bajaron corriendo a buscarlo, pero a pesar de que casi lo pisaron no pudieron encontrarlo. Si el soldado hubiese gritado:

«¡Estoy aquí!», indudablemente habrían dado con él, pero le pareció indecoroso gritar yendo de uniforme.

Entonces empezó a llover; las gotas caían cada vez más espesas hasta convertirse en un verdadero aguacero. Cuando aclaró pasaron por allí dos mozalbetes callejeros.

—¡Mira! —exclamó uno de ellos—. ¡Un soldado de plomo! ¡Vamos a hacerle navegar!

Con un papel de periódico hicieron un barquito y, embarcando en él al soldado, lo pusieron en el arroyo; la corriente empezó a arrastrar el barquichuelo y los chiquillos avanzaron detrás de él dando palmadas de contento. ¡Dios nos proteja! ¡Qué olas y qué corriente! No podía ser de otro modo con el diluvio que había caído. El bote de papel no cesaba de tropezar y tambalearse, girando a veces tan bruscamente que el soldado por poco no se marea; sin embargo, continuaba impertérrito, sin pestañear, mirando siempre de frente y siempre con el arma al hombro.

De pronto, el bote pasó bajo un puente del arroyo; aquello estaba tan oscuro como su caja.

«¿Dónde iré a parar? —pensaba—. De todo esto tiene la culpa el duende. ¡Ay, si al menos aquella muchachita estuviese conmigo en el bote! ¡Poco me importaría entonces esta oscuridad!»

De repente salió una gran rata de agua que vivía debajo del puente.

—¡Alto! —gritó—. ¡A ver, tu pasaporte!

Pero el soldado de plomo no respondió, únicamente oprimió con más fuerza el fusil.

La barquilla siguió su camino y la rata fue tras ella. ¡Uf! ¡Cómo rechinaba los dientes y le gritaba a las virutas y las pajas:

—¡Detenedlo, detenedlo! ¡No ha pagado el peaje! ¡No ha mostrado el pasaporte!

La corriente se volvía cada vez más impetuosa. El soldado veía ya la luz del sol al extremo del túnel, pero entonces percibió un estruendo capaz de infundir terror al más valiente. Imaginad que, en el punto donde terminaba el puente, el arroyo se precipitaba en un gran canal. Para él aquello resultaba tan peligroso como lo sería para nosotros caer por una alta catarata.

Estaba ya tan cerca de ella que era imposible evitarla. El barquito salió disparado, pero nuestro pobre soldadito seguía tan firme como le era posible. ¡Nadie podría decir que había pestañeado siquiera! La barquita describió dos o tres giros sobre sí misma con un ruido sordo, inundándose hasta el borde; iba a zozobrar. Al soldado le llegaba el agua al cuello. La barca se hundía por momentos y el papel se deshacía; el agua ya cubría la cabeza del soldado que, en aquel momento supremo, se acordó de la linda bailarina cuyo rostro nunca volvería a contemplar. Le pareció que le decían al oído: «¡Adiós, adiós, guerrero! ¡Tienes que sufrir la muerte!».

Entonces se desgarró el papel y el soldado se fue al fondo, pero mientras descendía se lo tragó un gran pez.

¡Allí sí que estaba oscuro! Peor aún que bajo el puente del arroyo; además, ¡era tan estrecho! Pero el soldado seguía firme, tendido cuan largo era sin soltar el fusil.

El pez continuó sus evoluciones y horribles movimientos hasta que, por fin, se quedó quieto y en su interior penetró un rayo de luz. Se hizo una gran claridad y alguien exclamó:

—¡El soldado de plomo!

Alguien había pescado al pez, lo había llevado al mercado y lo había vendido; ahora estaba en la cocina, en donde la cocinera lo abría con un gran cuchillo. Tomó el cuerpo del soldadito con dos dedos y lo llevó a la sala, pues todos querían ver aquel personaje extraño salido del estómago del pez, pero el soldado de plomo no se sentía nada orgulloso. Lo pusieron de pie sobre la mesa y —¡qué cosas más raras ocurren a veces en el mundo!— se encontró en el mismo cuarto de antes, con los mismos niños y los mismos juguetes sobre la mesa sin que faltase el soberbio palacio y la linda bailarina, que seguía sosteniéndose sobre la punta del pie y con la otra pierna al aire. Aquello conmovió a nuestro soldado y estuvo a punto de llorar lágrimas de plomo. Pero habría sido poco digno de él, por eso la miró sin decir palabra.

Entonces, uno de los chiquillos agarró al soldado y lo tiró a la chimenea sin motivo alguno; seguramente la culpa la tuvo el duende de la tabaquera.

El soldado de plomo quedó todo iluminado y sintió un calor espantoso, aunque no sabía si era debido al fuego o al amor. Sus colores también se habían borrado a consecuencia del viaje o por la pena que sentía; nadie habría podido decirlo. Miró de nuevo a la muchacha, las miradas de los dos se encontraron y él sintió que se derretía, pero siguió firme con el arma al hombro. Se abrió la puerta y una ráfaga de viento se llevó a la bailarina que, como una sílfide, se levantó volando para posarse también en la chimenea junto al soldado; se inflamó y desapareció en un instante. A su vez, el soldadito se fundió y quedó reducido a una pequeña masa informe.

Cuando al día siguiente la criada sacó las cenizas de la estufa, no quedaba de él más que un trocito de plomo en forma de corazón; de la bailarina, en cambio, había quedado la estrella de oropel carbonizada y negra.

LA VENDEDORA DE FÓSFOROS

Hacía mucho frío, nevaba y empezaba a oscurecer; era la última noche del año, la noche de San Silvestre. Bajo aquel frío y en aquella oscuridad pasaba por la calle una pobre niña, descalza y con la cabeza descubierta. Es cierto que al salir de su casa llevaba zapatillas, pero ¡de qué le sirvieron! Eran unas zapatillas que su madre había llevado últimamente y a la pequeña le venían tan grandes que las perdió al cruzar corriendo la calle para librarse de dos coches que iban a toda velocidad. Una de las zapatillas no hubo medio de encontrarla y la otra se la había puesto un mozalbete que dijo que la haría servir de cuna el día que tuviese hijos.

Así, la pobrecilla andaba descalza con los desnudos piececitos amoratados por el frío. En un viejo delantal llevaba un puñado de fósforos y un paquete en una mano. En todo el santo día nadie le había comprado nada ni le había dado un mísero chelín; regresaba a su casa hambrienta y medio helada. ¡Parecía tan abatida, la pobrecilla! Los copos de nieve caían sobre su larga melena rubia cuyos hermosos rizos le cubrían el cuello, pero no estaba ella como para presumir.

En un ángulo que formaban dos casas —una más saliente que la otra— se sentó en el suelo y se acurrucó hecha un ovillo. Encogía los piececitos todo lo posible, pero el frío la iba invadiendo. Por otra parte, no se atrevía a volver a casa, pues no había vendido ni un solo fósforo ni obtenido un triste céntimo. Su padre le pegaría, además de que en casa también hacía frío; sólo los cobijaba el tejado y el viento entraba por todas partes pese a la paja y los trapos con que habían procurado tapar las rendijas.

La niña tenía las manitas casi ateridas de frío. ¡Ay, un fósforo seguramente la aliviaría! ¡Si se atreviese a sacar uno solo del manojo, frotarlo contra la pared y calentarse los dedos...! Entonces sacó uno: ¡ritch! ¡Cómo chispeó y cómo ardía! Dio una llama clara, cálida, como una lucecita cuando la resguardó con la mano; era una luz maravillosa. A la pequeñuela le pareció que estaba sentada junto a una gran estufa de hierro, con patas y campana de latón; el fuego ardía magníficamente en su interior ¡y calentaba tan bien! La niña alargó los pies para calentárselos a su vez, pero la llama se extinguió, se esfumó la estufa y ella se quedó sentada con el resto de la cerilla consumida en la mano.

Encendió otra que, al arder y proyectar su luz sobre la pared, la volvió transparente como si fuera de gasa y la niña pudo ver el interior de una habitación donde estaba la mesa puesta, cubierta con un mantel blanquísimo y fina porcelana. Un pato asado humeaba deliciosamente, relleno de ciruelas y manzanas. Lo mejor de la escena fue que el pato saltó fuera de la fuente y, andando por el suelo con un tenedor y un cuchillo a la espalda, se dirigió hacia la pobre muchachita. Pero en aquel momento se apagó el fósforo dejando visible tan sólo la gruesa y fría pared.

La niña encendió una tercera cerilla y se encontró sentada debajo de un hermosísimo árbol de Navidad. Era aún más alto y más bonito que el que viera la última Nochebuena a través de la puerta de cristales en casa del rico comerciante. Millares de velitas ardían en las ramas verdes y de éstas colgaban estampas pintadas semejantes a las que adornaban los escaparates. La pequeña levantó los dos bracitos... y entonces se apagó el fósforo. Todas las lucecitas se remontaron a lo alto y ella se dio cuenta de que eran las rutilantes estrellas del cielo; una de ellas se desprendió y trazó en el firmamento una larga estela de fuego.

«Alguien se está muriendo», pensó la niña, pues su abuela, la única persona que la había querido pero que ya estaba muerta, le había dicho:

—Cuando una estrella cae, un alma se eleva hacia Dios.

Frotó una nueva cerilla contra la pared; se iluminó el espacio inmediato y apareció la anciana abuelita radiante, dulce y cariñosa.

—¡Abuelita! —exclamó la pequeña—. ¡Llévame contigo! Sé que te irás también cuando se apague el fósforo del mismo modo que se fueron la estufa, el asado y el árbol de Navidad.

Se apresuró a encender los fósforos que le quedaban deseosa de no perder a su abuela, y los fósforos juntos brillaron con luz más clara que la del pleno día. Nunca la abuelita había sido tan alta y tan hermosa; tomó a la niña del brazo y, envueltas las dos en un gran resplandor, henchidas de gozo, emprendieron el vuelo hacia las alturas sin que la pequeña sintiera ya frío, hambre ni miedo. Estaban en la mansión de Dios nuestro señor.

En el ángulo de las casas, la fría madrugada descubrió a la chiquilla con las mejillas rojas y la boca sonriente... Muerta, muerta de frío en la última noche del año. La primera mañana del nuevo año iluminó el pequeño cadáver sentado, con sus fósforos, un paquetito de los cuales aparecía consumido casi del todo. «¡Quiso calentarse!», dijo la gente. Pero nadie supo las maravillas que había visto ni el esplendor con que, en compañía de su anciana abuelita, había subido a la gloria del Año Nuevo.

EL ÚLTIMO DÍA

De todos los días de nuestra vida, el más santo es aquél en el que morimos; es el último día, el grande y sagrado día de nuestra transformación. ¿Te has parado alguna vez a pensar seriamente en esa hora suprema, la última de tu existencia terrena?

Hubo una vez un hombre, un creyente a pies juntillas, según decían un campeón de la divina palabra que para él era la ley, un celoso servidor de un Dios celoso. He aquí que la Muerte llegó a la vera de su lecho con su cara severa de ultratumba.

—Ha sonado tu hora y debes seguirme —le dijo tocándole los pies con su dedo gélido, y sus pies quedaron rígidos. Luego la Muerte le tocó la frente y el corazón, que cesó de latir, y el alma salió tras el ángel exterminador.

Pero en los breves segundos que pasaron entre el momento en que sintió el contacto de la Muerte en el pie, en la frente y en el corazón desfiló por la mente del moribundo, como una enorme oleada negra, todo lo que la vida le había aportado e inspirado. Con una mirada recorrió el vertiginoso abismo y con un pensamiento instantáneo abarcó todo el inconmensurable camino. Así, en un instante, vio en una ojeada de conjunto la miríada incontable de estrellas, cuerpos celestes y mundos que flotan en el espacio infinito.

En un momento así, el terror sobrecoge al pecador empedernido que no tiene nada a lo que agarrarse; le invade la impresión de que se hunde en un insondable vacío. El hombre piadoso, en cambio, descansa tranquilamente su cabeza en Dios y se entrega a Él como un niño: «¡Hágase en mí tu voluntad!».

Pero aquel moribundo no se sentía como un niño; se daba cuenta de que era un hombre. No temblaba como el pecador, pues se sabía creyente. Se había mantenido aferrado a las formas de la religión con toda rigidez. Sabía que eran millones los destinados a seguir por el ancho camino de la condenación; con el hierro y el fuego habría podido destruir aquí sus cuerpos como serían destrozadas sus almas y seguirían siéndolo durante una eternidad. Pero su camino conducía directo al cielo, donde la gracia, la gracia prometedora, le abría las puertas.

El alma siguió al ángel de la muerte después de mirar por última vez el lecho donde yacía la imagen del polvo envuelta en la mortaja, una copia extraña de su propio yo. Y llegaron volando a lo que parecía un enorme vestíbulo, a pesar de que estaba en un bosque; la naturaleza aparecía recortada, distendida, desatada y dispuesta en hileras, arreglada artificiosamente como los antiguos jardines franceses; se estaba celebrando allí una especie de baile de disfraces.

—¡Ahí tienes la vida humana! —dijo el ángel de la muerte.

Todos los personajes iban más o menos disfrazados; no todos los que vestían de seda y oro eran los más nobles y poderosos ni todos los que se cubrían con el ropaje de la pobreza eran los más bajos e insignificantes. Se trataba de una mascarada asombrosa y lo más sorprendente de ella era que todos se esforzaban cuidadosamente en ocultar algo debajo de sus vestidos, pero uno tiraba del otro para dejar aquello a la vista, y entonces asomaba una cabeza de animal: en uno la de un mono con su risa sardónica; en otro la de un feo chivo, la de una viscosa serpiente o la de un macilento pez.

Era la bestia que todos llevamos dentro, la que arraiga en el hombre y pegaba saltos queriendo avanzar, y cada uno la sujetaba con sus ropas mientras los demás las apartaban diciendo: «¡Mira! ¡Ahí está, ahí está!», y cada uno ponía al descubierto la miseria del otro.

—¿Qué animal vivía en mí? —preguntó el alma errante y el ángel de la muerte le señaló una figura orgullosa. Alrededor de su cabeza brillaba una aureola de brillantes colores, pero en el corazón del hombre se ocultaban los pies del animal, pies de pavo real; la aureola no era sino la abigarrada cola del ave.

Cuando prosiguieron su camino, otras grandes aves gritaron perversamente desde las ramas de los árboles con voces humanas muy inteligibles:

—Peregrino de la muerte, ¿no te acuerdas de mí?

Eran los malos pensamientos y las concupiscencias de los días de su vida los que gritaban: «¿No te acuerdas de mí?». Por un momento el alma se espantó, pues reconoció las voces, los malos pensamientos y los deseos que se presentaban ahora como testigos de cargo.

—¡Nada bueno vive en nuestra carne, en nuestra naturaleza perversa! —exclamó el alma—. Pero mis pensamientos no se convirtieron en actos, el mundo no vio sus malos frutos.

Y apresuró el paso para escapar de aquel horrible griterío, pero los grandes pajarracos negros la perseguían describiendo círculos a su alrededor, gritando con todas sus fuerzas como para que el mundo entero los oyese. El alma se puso a brincar como una corza acosada y a cada salto ponía el pie sobre agudas piedras que le abrían dolorosas heridas.

—¿De dónde vienen estas piedras cortantes? Yacen en el suelo como hojas marchitas.

—Cada una de ellas es una palabra imprudente que se escapó de tus labios e hirió a tu prójimo mucho más dolorosamente de como ahora las piedras lastiman tus pies.

—¡Nunca pensé en ello! —dijo el alma.

—No juzguéis si no queréis ser juzgados —resonó en el aire.

—¡Todos hemos pecado! —dijo el alma levantándose—. Yo he observado fielmente la ley y el evangelio; hice lo que pude, no soy como los demás.

Así llegaron a la puerta del cielo y el ángel guardián de la entrada preguntó:

—¿Quién eres? Dime cuál es tu fe y pruébamela con tus actos.

—He guardado rigurosamente los mandamientos. Me he humillado a los ojos del mundo, he odiado y perseguido la maldad y a los malos, a los que siguen el ancho camino de la perdición, y seguiré haciéndolo a sangre y fuego si puedo.

—¿Eres entonces un adepto de Mahoma? —preguntó el ángel.

—¿Yo? ¡Jamás!

—Quien empuñe la espada morirá por la espada, ha dicho el Hijo. Tú no tienes su fe. ¿Eres acaso un hijo de Israel, de los que dicen con Moisés: «Ojo por ojo, diente por diente»? ¿Un hijo de Israel cuyo dios vengativo es sólo dios de tu pueblo?

—¡Soy cristiano!

—No te reconozco ni en tu fe ni en tus hechos. La doctrina de Cristo es toda ella reconciliación, amor y gracia.

—¡Gracia! —resonó en los etéreos espacios; la puerta del cielo se abrió y el alma se precipitó hacia la incomparable magnificencia.

Pero la luz que de ella irradiaba eran tan cegadora, tan penetrante, que el alma hubo de retroceder como ante una espada desnuda; y las melodías sonaban dulces y conmovedoras como ninguna lengua humana podría expresar. El alma, temblorosa, se inclinó más y más mientras penetraba en ella la celeste claridad; y entonces sintió lo que nunca antes había sentido: el peso de su orgullo, de su dureza y de su pecado. Se hizo la luz en su pecho.

—Lo que hice de bueno en el mundo lo hice porque no supe hacerlo de otro modo, pero lo malo... ¡eso sí que fue cosa mía!

Y el alma se sintió deslumbrada por la purísima luz celestial y se desplomó desmayada envuelta en sí misma, postrada, inmadura para el reino de los cielos, y pensando en la severidad y la justicia de Dios no se atrevió a pronunciar la palabra «gracia».

No obstante, vino la gracia, la gracia inesperada.

El cielo divino estaba en el espacio inmenso, el amor de Dios se derramaba, se vertía en él con plenitud inagotable.

—¡Santa, gloriosa, dulce y eterna seas, oh, alma humana! —cantaron los ángeles.

Todos, todos retrocederemos asustados como aquella alma el día postrero de nuestra vida terrena ante la grandiosidad y la gloria del reino de los cielos. Nos inclinaremos profundamente y nos postraremos humildes, pero su amor y su gracia nos sostendrá y volaremos por nuevos caminos, purificados, ennoblecidos y mejores, acercándonos cada vez más a la magnificencia de la luz y, fortalecidos por ella, podremos entrar en la eterna claridad.

EL CERRO DE LOS ELFOS

Varios lagartos gordos corrían con pie ligero por las grietas de un viejo árbol; se entendían perfectamente entre sí, pues todos hablaban la lengua lagarteña.

—¡Qué ruido y alboroto hay en el cerro de los elfos! —dijo un lagarto—. Ya son dos noches que no me dejan pegar ojo. Es lo mismo que pasa cuando me duelen las muelas, pues entonces tampoco puedo dormir.

—Algo sucede allí dentro —observó otro—. Hasta que el gallo canta de madrugada sostienen el cerro sobre cuatro estacas rojas para que se ventile bien, y sus muchachas han aprendido nuevas danzas. ¡Algo se prepara!

—Sí —intervino un tercer lagarto—. Me he hecho amigo de una lombriz de tierra que venía de la colina, en la cual había estado removiendo la tierra día y noche. Oyó muchas cosas. La infeliz no puede ver, pero lo que es palpar y oír, eso lo hace de maravilla. Resulta que en el cerro esperan a forasteros, forasteros distinguidos, pero la lombriz se negó a decirme quiénes son, quizá porque ni ella misma lo sepa. Han encargado a los fuegos fatuos que organicen una procesión de antorchas, como dicen ellos, y todo el oro y la plata que hay en el cerro —que no es poco— lo pulen y exponen a la luz de la luna.

—¿Quiénes podrán ser esos forasteros? —se preguntaban los lagartos—. ¿Qué diablos está pasando? ¡Oíd, qué manera de zumbar!

En aquel mismo momento se partió el montículo y una señorita elfa, vieja y anticuada, aunque por lo demás muy correctamente vestida, salió andando a pasitos cortos. Era el ama de llaves del anciano rey de los elfos, estaba emparentada de lejos con la familia real y llevaba en la frente un corazón de ámbar. Movía las piernas con gran agilidad, sonaban: «trip, trip». ¡Vaya modo de trotar! Se dirigió directamente al pantano del fondo, a la vivienda del chotacabras.

—Está usted invitado a la colina esta noche —dijo—. Pero quisiera pedirle un gran favor, si no fuera molestia para usted. ¿Podría transmitir la invitación a los demás? Algo debe hacer, ya que usted no pone la casa. Recibimos a varios forasteros ilustres, unos magos distinguidos, y por eso hoy comparecerá el anciano rey de los elfos.

—¿A quién hay que invitar? —preguntó el chotacabras.

—Al gran baile pueden concurrir todos, incluso las personas, con tal de que hablen en sueños o sepan hacer algo que encaje con nuestra forma de ser. Pero en nuestra primera fiesta queremos hacer una rigurosa selección, y sólo asistirán personajes de la más alta categoría. Hasta discutí con el rey, pues yo no quería que se admitiera a los fantasmas. Ante todo hay que invitar al Viejo del Mar y a sus hijas. Tal vez no les guste venir a tierra seca, pero les prepararemos una piedra mojada por asiento o quizás algo aún mejor; supongo que así no tendrán inconveniente en asistir, aunque sólo sea esta vez. Queremos que vengan todos los viejos trasgos de primera categoría, los que tienen cola, el Genio del Agua y el Duende, y a mi entender no debemos dejar de lado al Cerdo de la Tumba, al Caballo de los Muertos y al Enano de la Iglesia, aunque todos ellos pertenecen al estamento clerical y no a nuestra clase. Pero ése es su oficio; por lo demás, están emparentados de cerca con nosotros y nos visitan con frecuencia.

—¡Muy bien! —dijo el chotacabras, emprendiendo el vuelo para cumplir el encargo.

Las doncellas elfas bailaban ya en el cerro cubiertas de velos, y lo hacían con tejidos de niebla y luz de luna, de un gran efecto para los aficionados a estas cosas. En el centro de la colina se había adornado el gran salón primorosamente; el suelo se había lavado con luz de luna y las paredes, frotadas con grasa de bruja, brillaban como pétalos de tulipán. En el asador de la colina había gran abundancia de ranas, pieles de caracol rellenas de dedos de niño, ensaladas de semillas de seta, húmedos hocicos de ratón con cicuta, cerveza de la destilería de la bruja del pantano y el fosforescente vino de salitre de las bodegas funerarias. Todo estaba muy bien presentado. Entre los postres figuraban clavos oxidados y trozos de ventanal de iglesia.

El anciano rey mandó bruñir su corona de oro con pizarrín machacado (por supuesto, pizarrín de primera, y no se crea que le es fácil a un rey de los elfos procurarse pizarrín de primera). En el dormitorio colgaron cortinas que se pegaron con saliva de serpiente. Por eso es natural que hubiera allí gran ruido y alboroto.

—Ahora hay que sahumar todo esto con orines de caballo y cerdas de puerco; entonces yo habré cumplido mi tarea —dijo la vieja señorita.

—¡Dulce padre mío! —dijo la hija menor, que era muy zalamera—, ¿no podría saber quiénes son los ilustres forasteros?

—Bueno —respondió el rey—, tendré que decírtelo. Dos de mis hijas deben prepararse para el matrimonio, dos de ellas se casarán sin duda. El anciano duende de la lejana Noruega, el que reside en la vieja roca de Dovre y posee cuatro palacios en los acantilados de feldespato y una mina de oro mucho más rica de lo que creen por ahí, viene con sus dos hijos, que viajan en busca de esposa. El duende es un anciano nórdico muy viejo y respetable, pero alegre y campechano. Lo conozco de hace mucho tiempo, desde un día en que brindamos fraternalmente con ocasión de su estancia aquí en busca de mujer. Ella murió; era la hija del rey de los peñascos gredosos de Möen. Tomó una mujer de yeso, como suele decirse. ¡Ay, qué ganas tengo de ver al viejo duende nórdico! Dicen que los chicos son un tanto malcriados e impertinentes, pero quizás exageran. Ya tendrán tiempo de sentar la cabeza. A ver si sabéis portaros con ellos de forma conveniente.

—¿Y cuándo llegan? —preguntó una de las hijas.

—Eso depende del tiempo que haga —respondió el rey—. Viajan en plan económico aprovechando las oportunidades que les brindan los barcos. Yo habría querido que fuesen por Suecia, pero el viejo se inclinó por el otro lado. No sigue los cambios de los tiempos, y eso no se lo perdono.

En esto llegaron saltando dos fuegos fatuos, uno de ellos más rápido que su compañero, y por eso llegó antes.

—¡Ya vienen, ya vienen! —gritaron los dos.

—¡Dadme la corona y dejad que me ponga a la luz de la luna! —ordenó el rey.

Las hijas se inclinaron hasta el suelo levantándose los velos. Entró el anciano duende de Dovre con su corona de tarugos de hielo duro y de abeto pulido. Formaban el resto de su vestido una piel de oso y grandes botas, mientras que los hijos iban con el cuello descubierto y pantalones sin tirantes, pues eran hombres de pelo en pecho.

—¿Esto es una colina? —preguntó el menor, señalando el cerro de los elfos—. En Noruega lo llamaríamos un agujero.

—¡Muchachos! —les riñó el viejo—. Un agujero va para dentro, y una colina va para arriba. ¿No tenéis ojos en la cara?

Lo único que les causaba asombro, dijeron, era que comprendían la lengua de los otros sin dificultad.

—¡Es para creer que os falta algún tornillo! —refunfuñó el viejo.

Entraron luego en la mansión de los elfos, donde se había reunido la flor y nata de la sociedad, aunque de manera tan precipitada que se hubiera dicho que el viento los había arremolinado; todos consideraron que las cosas estaban primorosamente dispuestas. Las ondinas se sentaron a la mesa sobre grandes patines acuáticos y afirmaron que se sentían como en su casa. En la mesa todos observaron la máxima corrección, excepto los dos duendecillos nórdicos, los cuales hasta llegaron a poner las piernas encima. Pero estaban persuadidos de que a ellos todo les estaba bien.

—¡Fuera los pies del plato! —les gritó el viejo duende, y ellos obedecieron, aunque a regañadientes. A sus damas respectivas les hicieron cosquillas con piñas de abeto que llevaban en el bolsillo; luego se quitaron las botas para estar más cómodos y se las dieron a guardar. Pero el padre, el viejo duende de Dovre, era realmente muy distinto.

El anciano supo contar bellas historias de los altivos acantilados nórdicos y de las cataratas que se precipitan espumeantes con un estruendo comparable al del trueno y al sonido del órgano, y habló del salmón que salta avanzando a contracorriente cuando el Nöck toca su arpa de oro. Les habló de las luminosas noches de invierno, cuando suenan los cascabeles de los trineos y los muchachos corren con antorchas encendidas por el liso hielo, tan transparente que pueden ver los peces nadando asustados bajo sus pies. Sí, sabía contar con tal arte que uno creía ver y oír lo que describía. Se oía el ruido de los aserraderos y los cantos de los mozos y las rapazas mientras bailaban las danzas del país. ¡Uau! De pronto, el viejo duende le dio un sonoro beso a la vieja señorita elfa. Fue un beso con todas las de la ley, y eso que no eran parientes.

A continuación, las muchachas se pusieron a bailar, primero bailes sencillos, luego zapateados, y lo hicieron muy bien; finalmente vino el baile artístico. ¡Señores, qué manera de extender las piernas, que no sabía uno dónde empezaban y dónde terminaban, ni lo que eran piernas y lo que eran brazos! Aquello era como un revoltijo de virutas, y metían tanto ruido que el Caballo de los Muertos se mareó y tuvo que retirarse de la mesa.

—¡Brrr! —exclamó el viejo duende—, ¡vaya agilidad de piernas! Pero ¿qué saben hacer, además de bailar, alargar las piernas y girar como torbellinos?

—¡Pronto vas a saberlo! —dijo el rey de los elfos, y llamó a la mayor de sus hijas. Era ágil y diáfana como la luz de la luna, la más bella de las hermanas. Se metió en la boca una ramita blanca y al instante desapareció: ésa era su habilidad. Pero el viejo duende dijo que ese arte no lo podría soportar en su esposa, y que no creía que fuese tampoco del gusto de sus hijos.

La otra hija sabía colocarse de lado como si fuese su propia sombra, pues los duendes no tienen sombra. Con la tercera hija la cosa era muy distinta. Había aprendido a hacer licores en la destilería de la bruja del pantano y sabía mechar nudos de aliso con luciérnagas.

—¡Será una excelente ama de casa! —dijo el duende anciano brindando con la mirada, pues consideraba que ya había bebido bastante.

Se acercó la cuarta elfa. Venía con una gran arpa y ni bien pulsó la primera cuerda todos levantaron la pierna izquierda, pues los duendes son zurdos, y cuando pulsó la segunda todos tuvieron que hacer lo que ella quiso.

—¡Es una mujer peligrosa! —dijo el viejo duende; pero los dos hijos salieron del cerro, pues se estaban aburriendo.

—¿Qué sabe hacer la hija siguiente? —preguntó el viejo.

—He aprendido a querer a los noruegos, y nunca me casaré si no puedo ir a Noruega.

Pero la más pequeña murmuró al oído del viejo:

—Eso es sólo porque sabe una canción nórdica que dice que cuando la Tierra se hunda los acantilados nórdicos seguirán levantados como si fueran monumentos funerarios. Por eso quiere ir allá, pues tiene mucho miedo de hundirse.

—¡Vaya, vaya! —exclamó el viejo—. ¿Ésas tenemos? Pero ¿y la séptima y última?

—La sexta viene antes que la séptima —observó el rey de los elfos, pues sabía contar. Pero la sexta se negó a acudir.

—Yo no puedo decir a la gente sino la verdad —dijo—. De mí nadie hace caso, bastante tengo con coser mi mortaja.

Se presentó entonces la séptima y última. ¿Qué sabía hacer ella? Pues sabía contar cuentos, tantos como se le pidieran.

—Ahí tienes mis cinco dedos —dijo el viejo duende—. Cuéntame un cuento acerca de cada uno.

La muchacha lo asió por la muñeca, mientras él se reía de una forma que más bien parecía cloquear; cuando llegó al dedo anular, en el que el anciano llevaba una sortija de oro, el viejo duende dijo como si supiese que era cuestión de noviazgo:

—Agárralo fuerte, la mano es tuya. ¡Te quiero a ti por mujer!

La elfa observó que todavía faltaban los cuentos del dedo anular y del meñique.

—Los dejaremos para el invierno —replicó el viejo—. Nos hablarás del abeto y del abedul, de los regalos de los espíritus y de la crujiente helada. Tú te encargarás de explicarlo, puesto que allá arriba nadie sabe hacerlo como tú. Luego entraremos en el salón de piedra, donde arde la astilla de pino, y beberemos hidromiel en los cuernos de oro de los antiguos reyes nórdicos. El Nöck me regaló un par y cuando estemos allí vendrá a visitarnos el diablo de la montaña, quien te cantará todas las canciones de las zagalas de la sierra. ¡Cómo nos vamos a divertir! El salmón saltará en la cascada chocando contra las paredes de roca, pero no entrará. ¡Oh, sí, qué bien se está en la vieja y querida Noruega! Pero ¿dónde se han metido los chicos?

Eso es, ¿dónde se habían metido? Pues corrían por todo el campo apagando los fuegos fatuos que acudían bonachones a organizar la procesión de las antorchas.

—¿Qué significan estas carreras? —gritó el viejo duende—. Acabo de procuraros una madre, y vosotros podéis elegir a la tía que os guste.

Pero los jóvenes replicaron que preferían pronunciar un discurso y brindar por la fraternidad. No les apetecía casarse. Pronunciaron discursos, bebieron a la salud de todos e hicieron la prueba del clavo para demostrar que se habían zampado hasta la última gota. Quitándose luego las chaquetas, se tendieron a dormir sobre la mesa sin preocuparse de los buenos modales. Mientras tanto, el viejo duende bailaba en el salón con su joven prometida e intercambiaba con ella los zapatos, lo cual es más distinguido que intercambiar sortijas.

—¡Que canta el gallo! —exclamó la vieja elfa encargada del gobierno doméstico—. ¡Hay que cerrar los postigos para que el sol no nos abrase!

Y se cerró la colina.

En el exterior, los lagartos subían y bajaban por los árboles agrietados, y uno de ellos dijo a los demás:

—¡Cuánto me ha gustado el viejo duende nórdico!

—¡Pues yo prefiero a los chicos! —objetó la lombriz de tierra; pero es que no veía, la pobre.

EL COMPAÑERO DE VIAJE

El pobre Juan estaba muy triste porque su padre se hallaba enfermo e iba a morir. Sólo estaban ellos dos en la reducida habitación; la lámpara de la mesita se extinguiría pronto y llegaba la noche.

—Has sido un buen hijo, Juan —dijo el doliente padre—, y Dios te guiará por los caminos del mundo.

Le dirigió una mirada tierna y grave, respiró profundamente y expiró; habríase dicho que dormía. Juan se echó a llorar, ya no le quedaba nadie, ni padre ni madre, ni hermano ni hermana. ¡Pobre Juan! Arrodillado junto al lecho besaba la fría mano de su padre muerto y derramaba amargas lágrimas, hasta que al fin se le cerraron los ojos y se quedó dormido con la cabeza apoyada en el duro barrote de la cama.

Tuvo un sueño muy extraño: vio cómo el sol y la luna se inclinaban ante él y vio a su padre riéndose rebosante de salud, con aquella risa suya que afloraba cuando se sentía contento. Una hermosa muchacha con una corona de oro en el largo y reluciente cabello tendió la mano a Juan mientras el padre le decía: «¡Mira qué novia tan bonita tienes! Es la más bella del mundo entero». Entonces se despertó: el alegre cuadro se había desvanecido; su padre yacía en el lecho, muerto y frío, y no había nadie en la habitación. ¡Pobre Juan!

A la mañana siguiente dieron sepultura al difunto. Juan acompañó el féretro sin poder ver ya a aquel padre que tanto lo había querido; oyó cómo echaban tierra sobre el ataúd para rellenar la fosa y contempló cómo desaparecía poco a poco mientras sentía que la pena le desgarraba el corazón. Al borde de la tumba cantaron un último salmo que sonó armoniosamente; las lágrimas asomaron a los ojos del muchacho, rompió a llorar y el llanto fue un sedante para su dolor. Brilló el sol, espléndido, por encima de los verdes árboles y parecía decirle: «No estés triste, Juan, ¡mira qué hermoso y azul es el cielo! ¡Allá arriba está tu padre rogando a Dios por tu bien!».

«Seré siempre bueno —se dijo Juan—. Así, un día volveré a reunirme con mi padre. ¡Qué alegría cuando nos veamos de nuevo! Cuántas cosas podré contarle y cuántas me mostrará él, y me enseñará la magnificencia del cielo como lo hacía en la tierra. ¡Oh, qué felices seremos!» Se lo imaginaba tan vivo que asomó una sonrisa a sus labios. Los pajarillos posados en los castaños dejaban oír sus gorjeos. Estaban alegres a pesar de asistir a un entierro, pues bien sabían que el difunto moraba ya en el cielo, que tenía alas mucho mayores y más hermosas que las suyas y que era dichoso porque aquí en la tierra había practicado la virtud; por eso estaban alegres. Juan los vio emprender el vuelo desde las altas ramas verdes y sintió el deseo de lanzarse al espacio con ellos. Pero antes hizo una gran cruz de madera para hincarla en la tumba de su padre, y al llegar la noche la sepultura lucía adornada con arena y flores. Se habían cuidado de ello personas forasteras, pues en toda la comarca se tenía en gran estima a aquel buen hombre que acababa de morir.

De madrugada hizo Juan su modesto equipaje y se ató al cinturón la pequeña herencia: en total, cincuenta florines y unos peniques; con ella se disponía a correr mundo. Sin embargo, antes volvió al cementerio y, después de rezar un padrenuestro sobre la tumba, dijo:

—¡Adiós, padre querido! Seré siempre bueno y tú le pedirás a Dios que las cosas me vayan bien.

Al entrar en la campiña, el muchacho observó que todas las flores se abrían frescas y hermosas bajo los rayos tibios del sol y que se mecían al impulso de la brisa, como diciendo: «¡Bienvenido a nuestros dominios!

¿Verdad que son hermosos?». Pero Juan se volvió una vez más a contemplar la vieja iglesia donde recibiera de pequeño el santo bautismo y a la que había asistido todos los domingos con su padre a los santos oficios cantando hermosas canciones; en lo alto del campanario vio en una abertura al duende del templo de pie, con su pequeña gorra roja, resguardándose el rostro con el brazo de los rayos del sol que le daban en los ojos. Juan le dijo adiós con una inclinación de cabeza, el duendecillo agitó la gorra colorada y, poniéndose una mano sobre el corazón, con la otra le envió muchos besos para darle a entender que le deseaba un viaje muy feliz y buena ventura.

Juan pensó entonces en las bellezas que vería en el amplio mundo y siguió su camino mucho más allá de donde jamás llegara. No conocía los lugares por los que pasaba ni a las personas con quienes se encontraba; todo era nuevo para él.

La primera noche tuvo que dormir sobre un montón de heno en pleno campo, no había otro lecho. Pero era muy cómodo, pensó, ni el propio rey estaría mejor. Toda la campiña, con el río, la pila de hierba y el cielo encima, formaban un hermoso dormitorio. La verde hierba, salpicada de florecillas blancas y coloradas, hacía de alfombra; las lilas y los rosales silvestres eran otros tantos ramilletes naturales y como lavabo tenía todo el río de agua límpida y fresca, con los juncos y cañas que se inclinaban como para darle las buenas noches y los buenos días. La luna era una lámpara soberbia colgada allá arriba en el techo infinito, una lámpara con cuyo fuego no había miedo de que se incendiaran las cortinas. Juan podía dormir tranquilo y así lo hizo; no se despertó hasta que salió el sol y todas las avecillas de los contornos rompieron a cantar: «¡Buenos días, buenos días! ¿No te has levantado aún?».

Tocaban las campanas llamando a la iglesia, pues era domingo. La gente iba a escuchar al predicador y Juan fue con ellos, les acompañó en el canto de los sagrados himnos y oyó la voz del Señor; le parecía estar en la iglesia en la que había sido bautizado y donde había cantado los salmos junto a su padre.

En el cementerio contiguo al templo había muchas tumbas, algunas de ellas cubiertas de alta hierba. Entonces Juan pensó en la de su padre y se dijo que con el tiempo presentaría también aquel aspecto, ya que él no estaría allí para limpiarla y adornarla. Entonces se sentó en el suelo y se puso a arrancar la hierba y a enderezar las cruces caídas, colocando en sus lugares las coronas arrastradas por el viento, mientras pensaba: «Tal vez alguien haga lo mismo en la tumba de mi padre, ya que no puedo hacerlo yo».

Ante la puerta de la iglesia había un mendigo anciano que se sostenía sobre sus muletas; Juan le dio los peniques que guardaba en su bolsa y luego prosiguió su viaje por el ancho mundo, contento y feliz.

Al caer la tarde el tiempo se puso horrible y nuestro mozo se dio prisa en buscar un cobijo, pero la noche oscura no tardó en cerrarse. Finalmente llegó a una pequeña iglesia que se levantaba en lo alto de una colina. Por suerte la puerta estaba sólo entornada y pudo entrar. Su intención era permanecer allí hasta que hubiera pasado la tempestad.

«Me sentaré en un rincón —se dijo—, estoy muy cansado y necesito reposo.» Se sentó, juntó las manos para rezar su oración vespertina y antes de que pudiera darse cuenta se quedó profundamente dormido y transportado al mundo de los sueños, mientras en el exterior fulguraban los relámpagos y retumbaban los truenos. Se despertó a medianoche. La tormenta había cesado y la luna brillaba en el firmamento enviando sus rayos de plata a través de las ventanas. En el centro del templo había un féretro abierto con un difunto esperando el momento de recibir sepultura. Juan no era temeroso, ni mucho menos; nada le reprochaba su conciencia y sabía perfectamente que los muertos no le hacen daño a nadie; los vivos son los perversos, los que practican el mal. Pero he aquí que dos individuos de esta clase estaban junto al difunto depositado en el templo antes de ser confiado a la tierra. Se proponían cometer con él una fechoría: arrancarlo del ataúd y arrojarlo fuera de la iglesia.

—¿Por qué queréis hacer eso? —preguntó Juan—. Es una mala acción. Dejad que descanse en paz, en nombre de Jesús.

—¡Tonterías! —replicaron los malvados—. ¡Nos engañó! Nos debía dinero y no pudo pagarlo, y ahora que ha muerto no cobraremos ni un céntimo. Por eso queremos vengarnos. Vamos a arrojarlo como un perro ante la puerta de la iglesia.

—Solamente tengo cincuenta florines —dijo Juan—; es toda mi fortuna, pero os la daré de buena gana si me prometéis dejar en paz al pobre difunto. Yo me las arreglaré sin dinero. Estoy sano y fuerte, y no me faltará la ayuda de Dios.

—Bien —replicaron los dos impíos—, si te avienes a pagar su deuda no le haremos nada, te lo prometemos.

Se embolsaron el dinero que les dio Juan y, riéndose a carcajadas de aquel generoso infeliz, siguieron su camino. Juan colocó nuevamente el cadáver en el féretro con las manos cruzadas sobre el pecho e inclinándose ante él se alejó contento cruzando el bosque.

A su alrededor, allí donde llegaban los rayos de luna filtrándose por entre el follaje, veía jugar alegremente a los duendecillos, que no huían de él porque sabían que era un muchacho bueno e inocente; son sólo los malos ante quienes los duendes no se dejan ver. Algunos no eran más grandes que el ancho de un dedo y llevaban sujeto el largo y rubio cabello con peinetas de oro. De dos en dos se balanceaban en equilibrio sobre las abultadas gotas de rocío depositadas sobre las hojas y los tallos de hierba; a veces una de las gotitas caía al suelo entre las largas hierbas y el incidente provocaba grandes risas y alboroto entre los minúsculos personajes. ¡Qué delicia! Se pusieron a cantar y Juan reconoció enseguida las bellas melodías que aprendiera de niño. Grandes arañas multicolores con coronas plateadas en la cabeza hilaban entre los setos largos puentes colgantes y palacios que, al recibir el tenue rocío, brillaban como nítido cristal a los claros rayos de luna. El espectáculo duró hasta la salida del sol. Entonces los duendecillos se deslizaron dentro de los capullos de las flores y el viento se hizo cargo de sus puentes y palacios, que volaron por los aires convertidos en telarañas.

A todo esto, Juan había salido ya del bosque cuando a su espalda resonó una recia voz de hombre:

—¡Hola, compañero! ¿Adónde vas?

—Por esos mundos de Dios —respondió Juan—. No tengo padre ni madre y soy pobre, pero Dios me ayudará.

—También yo voy a correr mundo —dijo el forastero—. ¿Quieres que lo hagamos en compañía?

—¡Bueno! —asintió Juan, y siguieron juntos. No tardaron en simpatizar, pues los dos eran buenas personas. Juan se dio cuenta muy pronto de que el desconocido era mucho más inteligente que él. Había recorrido casi todo el mundo y sabía de todas las cosas imaginables.

El sol estaba ya muy alto sobre el horizonte cuando se sentaron al pie de un árbol para desayunar; en aquel mismo momento se les acercó una anciana que andaba muy encorvada, sosteniéndose en una muletilla y llevando a la espalda un haz de leña que había obtenido en el bosque. Llevaba el delantal arremangado y atado por delante, y Juan observó que por él asomaban tres largas varas de sauce envueltas en hojas de helecho. Cuando llegó donde ellos estaban resbaló, cayó y empezó a quejarse con grandes lamentos; la pobre se había roto una pierna.

Juan propuso enseguida trasladar a la anciana a su casa, pero el forastero, mientras abría su mochila, dijo que tenía un ungüento con el cual curaría en un santiamén la pierna rota, de modo que la mujer podría regresar a su casa por su propio pie como si nada le hubiera ocurrido. En pago sólo pedía que le regalase las tres varas que llevaba en el delantal.

—¡Mucho pides! —objetó la vieja acompañando las palabras con un raro gesto de la cabeza. No le hacía gracia ceder las tres varas, pero tampoco le resultaba muy agradable seguir en el suelo con la pierna fracturada. Por lo tanto, le dio las varas y, en cuanto el ungüento tocó la fractura, la abuela se incorporó y echó a andar mucho más ligera que antes. Sucedió así en virtud de la pomada, pero hay que advertir que no era una pomada de las que venden en la botica.

—¿Para qué quieres las varas? —preguntó Juan a su compañero.

—Son tres bonitas escobas —contestó el otro—. Me gustan, qué quieres que te diga; yo soy así de extraño.

Y prosiguieron un buen trecho.

—¡Se está preparando una tormenta! —exclamó Juan señalando al frente—. ¡Qué nubarrones más cargados!

—No —respondió el compañero—. No son nubes, sino montañas, montañas altas y magníficas cuyas cumbres rebasan las nubes y están rodeadas de una atmósfera serena. Es maravilloso, créeme. Mañana ya estaremos allí.

Pero no estaban tan cerca como parecía. Un día entero tuvieron que caminar para llegar a su pie. Los oscuros bosques trepaban hasta las nubes y había rocas tan grandes como una ciudad. Debía de ser muy fatigoso subir allá arriba, por lo que Juan y su compañero entraron en una posada; tenían que descansar y reponer fuerzas para la jornada que les aguardaba.

En la sala de la hostería se había reunido mucho público, pues estaba actuando un titiritero. Acababa de montar su pequeño escenario y la gente se había acomodado en derredor dispuesta a presenciar el espectáculo. En primera fila estaba sentado un carnicero gordo, el más importante del pueblo, con su gran perro mastín echado a su lado; el animal tenía aspecto feroz y los grandes ojos abiertos, igual que el resto de los espectadores.

Empezó una bonita comedia en la que intervenían un rey y una reina sentados en un trono magnífico, con sendas coronas de oro en la cabeza y vestidos con ropajes de larga cola como correspondía a tan ilustres personajes. Unos preciosos muñecos de madera, con ojos de cristal y grandes bigotes, aparecían en las puertas abriéndolas y cerrándolas para permitir la entrada de aire fresco. Era una comedia muy bonita y nada triste, pero he aquí que al levantarse la reina y avanzar por la escena, sabe Dios lo que creería el mastín, pero lo cierto es que se soltó de su amo el carnicero, se plantó de un salto en el teatro y, tomando a la reina por el tronco, ¡crac!, la despedazó en un momento. ¡Fue espantoso!

El pobre titiritero quedó asustado y muy contrariado por su reina, pues era la más bonita de sus figuras, pero el perro la había decapitado. Cuando más tarde se retiró el público el compañero de Juan dijo que repararía el mal, y sacando su frasco untó la muñeca con el ungüento que tan maravillosamente había curado la pierna de la vieja. En efecto, no bien estuvo la muñeca untada quedó de nuevo entera, e incluso podía mover todos los miembros sin necesidad de tirar del cordón; parecía un ser viviente, sólo que no hablaba. El hombre de los títeres se puso muy contento: ya no necesitaba sujetar aquella muñeca, que hasta sabía bailar por sí sola; ninguna otra figura podía hacer tanto.

Por la noche, cuando todos los huéspedes estuvieron acostados, se oyeron unos suspiros profundísimos y tan prolongados que todo el mundo se levantó para ver quién los exhalaba. El titiritero se dirigió a su teatro, pues de él salían las quejas. Los muñecos, el rey y toda la comparsa estaban revueltos y eran ellos los que así suspiraban con la mirada fija en sus ojos de vidrio, pues querían que también se les untase un poquitín de la maravillosa pomada, como a la reina, para poder moverse por su cuenta. La reina se hincó de rodillas y levantando su magnífica corona imploró:

—¡Quédate con ella, pero unta a mi esposo y a los cortesanos!

Al pobre propietario del teatro se le saltaron las lágrimas, pues la escena era en verdad conmovedora. Fue en busca del compañero de Juan y le prometió toda la recaudación de la velada siguiente si se avenía a untar, aunque sólo fuesen cuatro o cinco muñecos, pero el otro le dijo que por toda recompensa sólo quería el gran sable que el titiritero llevaba al cinto; cuando lo obtuvo aplicó el ungüento a seis figuras, las cuales empezaron a bailar enseguida con tanta gracia que las muchachas de carne y hueso que vieron su baile las acompañaron en la danza. Y bailaron el cochero y la cocinera, el criado y la criada, y todos los huéspedes, hasta el mismo badil y las tenazas, si bien éstas se fueron al suelo a los primeros pasos. Desde luego, fue una noche muy alegre.

A la mañana siguiente, Juan y su compañero de viaje se despidieron de la compañía y emprendieron camino cuesta arriba por entre los espesos bosques de abetos. Llegaron a tanta altura que las torres de las iglesias se veían al fondo como diminutas bayas rojas destacando en medio del verdor y su mirada pudo extenderse a muchas, muchas millas, hasta tierras que jamás habían visitado. Juan nunca había visto tanta belleza y magnificencia. El sol parecía más cálido en aquel aire puro; el mozo oía los cuernos de los cazadores resonando entre las montañas tan claramente que las lágrimas asomaron a sus ojos y no pudo evitar exclamar: «¡Dios santo y misericordioso, quisiera besarte por tu bondad con nosotros y por toda esa belleza que has puesto en el mundo también para nosotros!».

El compañero de viaje permanecía a su vez con las manos juntas contemplando por encima del bosque y las ciudades la lejanía inundada por el sol. De pronto oyeron encima de sus cabezas un canto prodigioso, y al mirar a las alturas descubrieron flotando en el aire un cisne blanco que cantaba como jamás oyeran cantar a otra ave. Pero aquellos sones se fueron debilitando progresivamente y el hermoso cisne, inclinando la cabeza, descendió con lentitud y fue a caer muerto a sus pies.

—¡Qué alas tan espléndidas! —exclamó el compañero—. Valdrán mucho dinero, tan blancas y grandes; ¡voy a llevármelas! ¿Ves ahora cómo estuve acertado al hacerme con el sable?

Cortó las dos alas del cisne muerto y se las guardó.

Caminaron millas y millas monte a través hasta que por fin vieron ante ellos una gran ciudad con cien torres que brillaban al sol como si fuesen de plata. En el centro de la población se alzaba un regio palacio de mármol recubierto de oro, que era la mansión del rey. Juan y su compañero no quisieron entrar enseguida en la ciudad, sino que se alojaron en una posada de las afueras para asearse, pues querían tener buen aspecto al andar por las calles. El posadero les contó que el rey era una excelente persona incapaz de causar daño a nadie, pero en cambio su hija, ¡ay, Dios nos guarde!, era una princesa perversa. Belleza no le faltaba y en cuanto a hermosura ninguna podía compararse con ella, pero ¿de qué le servía? Era una bruja culpable de la muerte de numerosos príncipes apuestos. Permitía que todos los hombres la pretendieran, todos podían presentarse ante ella, ya fuesen príncipes o mendigos, lo mismo daba; pero tenían que adivinar tres cosas que ella había pensado. Se casaría con el que acertase, el cual sería rey del país el día en que su padre falleciera, pero el que no daba con las tres respuestas era ahorcado o decapitado. El anciano rey, su padre, estaba en extremo afligido por la conducta de su hija, pero no podía impedir sus maldades, pues en cierta ocasión prometió no intervenir jamás en los asuntos de sus pretendientes y dejarla obrar a su antojo. Cada vez que se presentaba un príncipe para someterse a la prueba era colgado o le cortaban la cabeza, aunque siempre se le había prevenido y sabía bien a lo que se exponía. El viejo rey estaba tan amargado por tanta tristeza y miseria que todos los años permanecía un día entero de rodillas, junto con sus soldados, rogando por la conversión de la princesa, pero nada conseguía. Las viejas que bebían aguardiente en señal de duelo lo teñían de negro antes de llevárselo a la boca; más no podían hacer.

—¡Qué horrible princesa! —exclamó Juan—. Una buena azotaina, he aquí lo que necesita. Si yo fuese el rey pronto cambiaría.

De pronto se oyó un gran griterío en el camino. Pasaba la princesa. Era realmente tan hermosa que todo el mundo se olvidaba de su maldad y se ponía a vitorearla. La escoltaban doce preciosas doncellas, todas vestidas de blanca seda y cabalgando en caballos negros como el azabache, mientras la princesa montaba un corcel blanco como la nieve adornado con diamantes y rubíes; su traje de amazona era de oro puro y el látigo que sostenía en la mano relucía como un rayo de sol, mientras que la corona que ceñía su cabeza centelleaba como las estrellitas del cielo y el manto que la cubría estaba hecho de miles de bellísimas alas de mariposas. Sin embargo, ella era mucho más hermosa que todos los atuendos.

A Juan se le subieron los colores al verla por la sangre que afluyó a su rostro y apenas pudo articular una sola palabra; la princesa era exactamente igual que aquella bella muchacha con corona de oro que había visto en sueños la noche de la muerte de su padre. La encontró indescriptiblemente hermosa y en el acto quedó enamorado de ella. «Es imposible —pensó— que sea una bruja capaz de mandar ahorcar o decapitar a los que no adivinaban sus acertijos. Todos tienen derecho a solicitarla, incluso el más pobre de los mendigos. Así pues, iré al palacio, no tengo más remedio.»

Todos insistieron en que no lo hiciese, pues sin duda correría la misma suerte de los otros; también su compañero de ruta trató de disuadirlo, pero Juan, seguro de que todo se resolvería bien, se cepilló los zapatos y la chaqueta, se lavó la cara y las manos, se peinó el bonito cabello rubio y se encaminó al palacio en la ciudad.

—¡Adelante! —gritó el anciano rey cuando Juan llamó a la puerta. La abrió un paje y el soberano salió a recibirlo en bata de noche y zapatillas bordadas. Llevaba en la cabeza la corona de oro, en una mano el cetro y en la otra el globo imperial.

—¡Un momento! —dijo, poniéndose el globo debajo del brazo para poder tender la mano a Juan. Pero en cuanto supo que se trataba de un pretendiente prorrumpió en sollozos con tal violencia que cetro y globo se le cayeron al suelo y tuvo que secarse los ojos con la bata de dormir. ¡Pobre viejo rey!

—No lo intentes —le dijo—; acabarás mal, como los demás. Ven y verás lo que te espera. —Y condujo a Juan al jardín de recreo de la princesa. ¡Horrible espectáculo! De cada árbol colgaban tres o cuatro príncipes que, habiendo pretendido a su hija, no habían acertado a contestar sus preguntas. A cada ráfaga de viento matraqueaban los esqueletos, por lo que los pájaros, asustados, nunca acudían al jardín; las flores estaban anudadas a huesos humanos y en las macetas los cráneos exhibían su risa macabra. ¡Qué extraño jardín para una princesa!

—¡Ya lo ves! —dijo el rey—. Te espera la misma suerte que a todos ésos. Es mejor que renuncies. Me harías sufrir mucho, pues no puedo soportar estos horrores.

Juan besó la mano al bondadoso monarca y le dijo que sin duda las cosas irían bien, pues estaba apasionadamente prendado de la princesa.

En esto llegó ella a palacio junto con sus damas. El rey y Juan fueron a su encuentro para darle los buenos días. Era maravilloso contemplarla; tendió la mano al muchacho y éste quedó mucho más persuadido aún de que no podía tratarse de una hechicera perversa como afirmaba la gente. Pasaron luego a la sala del piso superior y los criados sirvieron confituras y pastas secas, pero el rey estaba tan afligido que no pudo probar nada, además de que las pastas eran demasiado duras para sus dientes.

Se convino en que Juan volvería a palacio a la mañana siguiente. Los jueces y todo el consejo estarían reunidos para presenciar la marcha del proceso. Si todo iba bien, Juan tendría que comparecer dos veces más, pero hasta entonces nadie había acertado la primera pregunta y todos habían perdido la vida.

A Juan no le preocupó ni por un momento cómo irían las cosas; por el contrario, estaba alegre pensando tan sólo en la bella princesa, seguro de que Dios le ayudaría. Ignoraba de qué manera, pero prefería no pensar en ello. Iba bailando por el camino de regreso a la posada, en donde lo esperaba su compañero. El muchacho no encontró palabras para encomiar la amabilidad con que lo recibiera la princesa y para describir su hermosura.

Anhelaba estar ya en el palacio al día siguiente para probar su suerte con el acertijo. Pero su compañero meneó la cabeza, profundamente afligido.

—Te quiero bien —dijo—; confiaba en que podríamos seguir juntos mucho tiempo, pero he aquí que voy a perderte. ¡Mi pobre, mi querido Juan! Me entran ganas de llorar, pero no quiero turbar tu alegría en esta última velada que pasamos juntos. Estaremos alegres, muy alegres; mañana, cuando te hayas marchado, podré llorar cuanto quiera.

Todos los habitantes de la ciudad se habían enterado de la llegada de un nuevo pretendiente a la mano de la princesa y una gran congoja reinaba por doquier. Se cerró el teatro, las pasteleras cubrieron sus mazapanes con crespón, el rey y los sacerdotes rezaron arrodillados en los templos; la tristeza era general, pues nadie creía que Juan fuera más afortunado que sus predecesores.

Al atardecer, el compañero de Juan preparó un ponche y le dijo a su amigo:

—Vamos a alegrarnos y a brindar por la salud de la princesa.

Pero al segundo vaso le entró a Juan una pesadez tan grande que tuvo que hacer un enorme esfuerzo para mantener abiertos los ojos, hasta que quedó sumido en un profundo sueño. Su compañero lo levantó con cuidado de la silla y lo llevó a la cama; luego, cerrada ya la noche, tomó las grandes alas que había cortado al cisne y se las sujetó a la espalda. Se metió en el bolsillo la mayor de las varas de la vieja de la pierna rota, abrió la ventana y, echando a volar por encima de la ciudad, se dirigió al palacio; allí se posó en un rincón bajo la ventana del aposento de la princesa.

En la ciudad reinaba el más profundo silencio. El reloj dio las doce menos cuarto, se abrió la ventana y la princesa salió volando envuelta en un largo manto blanco y con alas negras, alejándose en dirección a una alta montaña. El compañero de Juan se volvió invisible para que la doncella no pudiera notar su presencia y se lanzó en su persecución; cuando la alcanzó, se puso a azotarla con su vara con tanta fuerza que la sangre fluía con ganas de su piel. ¡Qué viajecito! El viento extendía el manto en todas direcciones a modo de una gran vela de barco a cuyo través brillaba la luz de la luna.

—¡Qué manera de granizar! —exclamaba la princesa a cada azote, y bien empleado le estaba. Finalmente, llegó a la montaña y llamó. Se oyó un

estruendo semejante a un trueno, la montaña se abrió y entró la hija del rey seguida del amigo de Juan, el cual, siendo invisible, no fue visto por nadie. Siguieron por un corredor muy grande y muy largo cuyas paredes brillaban de manera extraña gracias a más de mil arañas fosforescentes que subían y bajaban por ellas refulgiendo como fuego. Llegaron luego a una espaciosa sala, toda ella construida a base de plata y oro. Flores del tamaño de girasoles, rojas y azules, adornaban las paredes, pero nadie podía arrancarlas, pues sus tallos eran horribles serpientes venenosas y las corolas puro fuego que les salía de las fauces. Todo el techo estaba cubierto de luciérnagas luminosas y murciélagos de color azul celeste que agitaban las delgadas alas. ¡Qué espanto! En el centro del piso había un trono soportado por cuatro esqueletos de caballo con guarniciones hechas de rojas arañas de fuego; el trono mismo era de cristal blanco como la leche y los cojines eran negros ratoncillos que se mordían la cola los unos a los otros. Encima había un dosel formado por telarañas color de rosa con incrustaciones de diminutas moscas verdes que refulgían como piedras preciosas. Ocupaba el trono un viejo hechicero con una corona en la fea cabeza y un cetro en la mano. Besó a la princesa en la frente y, tras invitarla a que se sentara a su lado en el magnífico trono, ordenó que empezase la música. Grandes saltamontes negros tocaban la armónica mientras la lechuza se golpeaba el vientre a falta de tambor. Jamás se ha visto tal concierto. Pequeños trasgos negros con fuegos fatuos en la gorra danzaban por la sala. Sin embargo, nadie se dio cuenta del compañero de Juan, que se colocó detrás del trono y pudo verlo y oírlo todo.

Los cortesanos que entraron a continuación mostraban a primera vista un aspecto distinguido, pero al observarlos de cerca la cosa cambiaba. No eran sino palos de escoba rematados por cabezas de repollo a las que el brujo había infundido vida y recubierto con vestidos bordados. Pero ¡qué más daba! Su única misión era servir de adorno.

Cuando terminó el baile, la princesa le contó al hechicero que se había presentado un nuevo pretendiente, y le preguntó qué debía idear para plantearle el consabido enigma cuando, al día siguiente, apareciese en palacio.

—Te diré —contestó—. Yo elegiría algo que sea tan fácil que ni siquiera se le ocurra pensar en ello. Piensa en tu zapato; no lo adivinará. Entonces lo mandarás decapitar, y cuando vuelvas mañana por la noche no te olvides de traerme sus ojos, pues me los quiero comer.

La princesa se inclinó profundamente y prometió no olvidarse de los ojos. El brujo abrió la montaña, y ella emprendió el vuelo de regreso, siempre seguida del compañero de Juan, el cual la azotaba con tal fuerza que ella se quejaba amargamente de lo recio del granizo y se apresuraba cuanto podía para entrar cuanto antes por la ventana de su dormitorio. Entonces el compañero de viaje se dirigió a la habitación en la que dormía Juan y desatándose las alas se metió en la cama, pues se sentía muy cansado.

Juan se despertó de madrugada. Su compañero se levantó también y le contó que había tenido un extraño sueño acerca de la princesa y de su zapato; le dijo que preguntase a la hija del rey si por casualidad había pensado en aquella prenda.

—Lo mismo puede ser eso que otra cosa —dijo Juan—. Tal vez sea precisamente lo que has soñado, pues confío en Dios misericordioso; Él me ayudará. Sea como fuere nos despediremos, pues si yerro no nos volveremos a ver.

Se abrazaron y Juan se encaminó a la ciudad y al palacio. El gran salón estaba atestado de gente, los jueces ocupaban sus sillones con las cabezas apoyadas en almohadones de pluma, pues tendrían que pensar mucho. El rey se levantó, se secó los ojos con un blanco pañuelo y en ese mismo momento entró la princesa. Estaba mucho más hermosa aún que la víspera y saludó a todos los presentes con exquisita amabilidad. A Juan le tendió la mano diciéndole:

—Buenos días.

Acto seguido Juan hubo de adivinar lo que había pensado la princesa. Ella lo miraba afablemente, pero en cuanto oyó de labios del mozo la palabra «zapato» su rostro palideció y un estremecimiento sacudió todo su cuerpo. Sin embargo, no había remedio: ¡Juan había acertado!

¡Qué contento se puso el viejo rey! Tanto que dio una voltereta tan graciosa que todos los cortesanos estallaron en aplausos, en su honor y en el de Juan, por haber acertado la primera prueba.

Su compañero sintió también una gran alegría cuando supo lo ocurrido. En cuanto a Juan, juntando las manos dio gracias a Dios confiado en que no le faltaría también su ayuda en las otras dos ocasiones.

Al día siguiente debía celebrarse la segunda prueba. La velada transcurrió como la anterior. Cuando Juan se hubo dormido, el compañero siguió a la princesa a la montaña vapuleándola con más fuerza todavía que la víspera, pues se había llevado dos varas; nadie lo vio y él, en cambio, pudo oírlo todo. La princesa decidió pensar en su guante y el compañero de viaje se lo dijo a Juan explicándole que lo había soñado. De este modo nuestro mozo pudo acertar nuevamente, lo cual produjo una enorme alegría en palacio. Toda la corte se puso a dar volteretas como las que vieran hacer al rey el día anterior mientras la princesa, tumbada en un sofá, permanecía en silencio. Ya sólo faltaba que Juan adivinase la tercera pregunta; si lo conseguía se casaría con la bella muchacha y a la muerte del anciano rey heredaría el trono, pero si fallaba perdería la vida y el brujo se comería sus hermosos ojos azules.

Aquella noche Juan se acostó pronto, rezó su oración vespertina y durmió tranquilamente mientras su compañero, aplicándose las alas a la espalda, se colgaba el sable del cinto y, tomando las tres varas, emprendía el vuelo hacia palacio.

La noche era oscura como boca de lobo; arreciaba una tempestad tan desenfrenada que las telas volaban de los tejados y los árboles del jardín de los esqueletos se doblaban como cañas bajo el empuje del viento. Los relámpagos se sucedían sin interrupción y los truenos retumbaban. La ventana se abrió y por ella salió la princesa volando. Estaba pálida como la muerte, pero se reía del mal tiempo deseosa de que fuese aún peor; su blanco manto se arremolinaba en el aire como una amplia vela mientras el amigo de Juan la azotaba furiosamente con las tres varas, de tal modo que la sangre caía a la tierra y ella apenas podía sostener el vuelo. Por fin llegó a la montaña.

—¡Qué tormenta y qué manera de granizar! —exclamó—. Nunca había salido con un tiempo semejante.

—Todos los excesos son malos —dijo el brujo. Entonces ella le contó que Juan había acertado por segunda vez; si al día siguiente acertaba también, habría ganado y ella no podría volver nunca más a la montaña ni repetir aquellas artes mágicas, por eso estaba tan afligida.

—¡No lo adivinará! —exclamó el hechicero—. Pensaré algo que jamás pueda ocurrírsele, a menos que sea un encantador más grande que yo. Pero ahora, ¡a divertirnos!

Tomó a la princesa por ambas manos y bailaron con todos los pequeños trasgos y fuegos fatuos que se hallaban en la sala; las rojas arañas saltaban en las paredes con el mismo regocijo centelleando como flores de fuego. Las lechuzas tamborileaban, los grillos silbaban y los negros saltamontes soplaban con todas sus fuerzas las armónicas. ¡Fue un baile muy animado!

Terminado el jolgorio, la princesa tuvo que regresar para que no la echaran en falta en palacio; el hechicero dijo que la acompañaría y harían el camino juntos.

Emprendieron el vuelo en medio de la tormenta y el compañero de Juan les sacudió de lo lindo con las tres varas; nunca había recibido el brujo una granizada como aquélla en la espalda. Al llegar a palacio y despedirse de la princesa, le dijo al oído:

—Piensa en mi cabeza.

Pero el amigo de Juan lo oyó y en el mismo momento en que la hija del rey entraba en su dormitorio y el brujo se disponía a volverse a su guarida lo agarró por la larga barba negra y... ¡zas!, de un sablazo le separó la horrible cabeza de los hombros sin que el mago llegara siquiera a verlo. Luego arrojó el cuerpo al lago para pasto de los peces, pero la cabeza sólo la sumergió en el agua y, envolviéndola luego en su pañuelo, se dirigió a la posada y se acostó.

Por la mañana entregó el envoltorio a Juan diciéndole que no lo abriese hasta que la princesa le preguntara en qué había pensado.

Había tanta gente en la amplia sala que estaban, como suele decirse, como sardinas en lata. El consejo en pleno aparecía sentado en sus poltronas de blandos almohadones y el anciano rey llevaba un vestido nuevo; habían pulido la corona de oro y el cetro y todo presentaba un aspecto de gran solemnidad. Sólo la princesa se mostraba lívida y se había ataviado con un ropaje negro como ala de cuervo; se habría dicho que asistía a un entierro.

—¿En qué he pensado? —le preguntó a Juan. Por toda respuesta, éste desató el pañuelo y él mismo quedó horrorizado al ver la fea cabeza del brujo. Todos los presentes se estremecieron, pues verdaderamente era horrible, pero la princesa continuó firme como una estatua de piedra, sin pronunciar palabra. Al fin se puso de pie y tendió la mano a Juan, pues había acertado. Sin mirarlo, dijo en voz alta con un suspiro:

—¡Desde hoy eres mi señor! Esta noche se celebrará la boda.

—¡Eso está bien! —exclamó el anciano rey—. ¡Así se hacen las cosas!

Todos los asistentes prorrumpieron en vítores, la banda de la guardia salió a tocar por las calles, las campanas fueron echadas al vuelo y las pasteleras quitaron los crespones que cubrían sus tortas, pues reinaba general alegría. Pusieron en el centro de la plaza del mercado tres bueyes asados rellenos de patos y pollos, y cada cual fue autorizado a cortarse una tajada, de las fuentes fluyó dulce vino y el que compraba una rosca en la panadería era obsequiado con seis grandes bollos, ¡de pasas, además!

Al atardecer toda la ciudad se iluminó y los soldados dispararon salvas con los cañones mientras los muchachos soltaban petardos; en el palacio se comía y bebía, todo eran saltos y empujones y los caballeros distinguidos bailaban con las bellas jovencitas. De lejos se les oía cantar:

¡Cuánta linda muchachita
cual rueca al hilar bailando!
¡Gira, gira, doncellita,
salta y baila sin parar,
hasta que la suela del zapato
se te vaya a despegar!

Sin embargo, la princesa seguía aún embrujada y no podía soportar a Juan. No obstante, el compañero de viaje no había olvidado este detalle y le dio a Juan tres plumas de las alas del cisne y una botellita que contenía unas gotas, diciéndole que mandase colocar junto a la cama de la princesa un gran barril lleno de agua y que cuando ella se dispusiera a acostarse le diese un empujoncito de manera que se cayera al agua, en la cual la sumergiría tres veces después de haberle echado las plumas y las gotas. Con esto quedaría desencantada y se enamoraría de él.

Juan lo hizo tal como su compañero le había indicado. La princesa dio grandes gritos al zambullirse en el agua y agitó las manos adquiriendo la figura de un enorme cisne negro de ojos centelleantes; a la segunda zambullida salió el cisne blanco con un aro negro en el cuello. Juan dirigió una plegaria a Dios, nuevamente sumergió el ave en el agua y en el mismo instante quedó convertida en la hermosísima princesa. Era todavía más bella que antes y con lágrimas en sus maravillosos ojos le dio las gracias por haberla librado de su hechizo.

A la mañana siguiente se presentó el anciano rey con toda su corte y las felicitaciones se prolongaron hasta muy avanzado el día. Pero el primero en llegar fue el compañero de viaje con un bastón en la mano y el hatillo a la espalda. Juan lo abrazó repetidamente y le pidió que no se marchase, sino que se quedase a su lado, pues a él debía toda su felicidad. Pero el otro, meneando la cabeza, le respondió con dulzura:

—No, mi hora ha llegado. No hice sino pagar mi deuda. ¿Te acuerdas de aquel muerto con quien quisieron cebarse aquellos malvados? Diste cuanto tenías para que pudiese descansar en paz en su tumba. Pues aquel muerto soy yo.

Y en ese mismo instante desapareció.

La boda se prolongó un mes entero. Juan y la princesa se amaron entrañablemente y el anciano rey vivió aún muchos días felices en los que pudo sentar a sus nietecitos sobre sus rodillas y jugar con ellos con el cetro, pero al final Juan llegó a ser rey de todo el país.

EL RUISEÑOR

En China, como sabéis muy bien, el emperador es chino y chinos son todos los que lo rodean. Hace ya muchos años de lo que voy a contar, mas por eso precisamente vale la pena que lo oigáis antes de que la historia se olvide.

El palacio del emperador era el más espléndido del mundo entero, hecho por completo de la más delicada porcelana. Todo en él era tan precioso y frágil que había que ir con mucho cuidado antes de tocar nada. El jardín estaba lleno de flores maravillosas y de las más bellas colgaban campanillas de plata que sonaban para que nadie pudiera pasar de largo sin fijarse en ellas. Sí, en el jardín imperial todo estaba muy bien pensado y era tan extenso que el propio jardinero no tenía ni idea de dónde terminaba. Si andabas lo suficiente llegabas al bosque más espléndido que quepa imaginar, lleno de altos árboles y profundos lagos. Aquel bosque llegaba hasta el mar profundo y azul, grandes embarcaciones podían navegar por debajo de las ramas, y allí vivía un ruiseñor que cantaba tan primorosamente que incluso el pobre pescador, a pesar de sus muchas ocupaciones, cuando salía por la noche a retirar las redes se detenía a escuchar sus trinos.

—¡Dios santo, qué hermoso! —exclamaba, pero luego tenía que atender a sus redes y olvidarse del pájaro hasta la noche siguiente en que, al llegar de nuevo al lugar, repetía—: ¡Dios santo, qué hermoso!

De todos los países llegaban viajeros a la ciudad imperial y admiraban el palacio y el jardín, pero en cuanto oían al ruiseñor exclamaban:

—¡Esto es lo mejor de todo!

De regreso a sus tierras, los viajeros hablaban de aquel lugar y los sabios escribían libros y más libros acerca de la ciudad, del palacio y del jardín, pero sin olvidarse nunca del ruiseñor, al que ponían por las nubes, y los poetas componían inspiradísimos poemas sobre el pájaro que cantaba en el bosque junto al profundo mar.

Aquellos libros se difundieron por el mundo y algunos llegaron a manos del emperador. Solía estar sentado en su sillón de oro leyendo y leyendo; de vez en cuando hacía con la cabeza un gesto de aprobación, pues le satisfacía leer aquellas magníficas descripciones de la ciudad, del palacio y del jardín. «Pero lo mejor de todo es el ruiseñor», decía el libro.

«¿Qué es esto? —pensó el emperador—. ¿El ruiseñor? Jamás he oído hablar de él. ¿Es posible que haya un pájaro así en mi imperio precisamente en mi jardín? Nadie me ha informado. ¡No me gusta que uno tenga que enterarse de estas cosas por los libros!»

Entonces mandó llamar al mayordomo de palacio, un personaje tan importante que cuando una persona de rango inferior se atrevía a dirigirle la palabra o hacerle una pregunta, se limitaba a contestarle: «¡Puf!», y eso no significa nada.

—Según parece, hay aquí un pájaro de lo más notable llamado ruiseñor —dijo el emperador—. Se dice que es lo mejor que existe en mi imperio. ¿Por qué no se me ha informado de este hecho?

—Es la primera vez que oigo hablar de él —se justificó el mayordomo—. Nunca ha sido presentado en la corte.

—Pues ordeno que acuda esta noche a cantar en mi presencia —dijo el emperador—. El mundo entero sabe lo que tengo, menos yo.

—Es la primera vez que oigo hablar de él —repitió el mayordomo—. Lo buscaré y lo encontraré.

¿Encontrarlo? ¿Dónde? El dignatario se cansó de subir y bajar escaleras y de recorrer salas y pasillos. Nadie de cuantos preguntó había oído hablar del ruiseñor. El mayordomo volvió a presentarse ante el emperador y le dijo que se trataba de una de esas fábulas que suelen imprimirse en los libros.

—Vuestra majestad imperial no debe creer todo lo que se escribe; son fantasías y una cosa que llaman magia negra.

—Pero el libro donde lo he leído me lo ha enviado el poderoso emperador del Japón —replicó el soberano—; por lo tanto, no puede ser una mentira. Quiero oír al ruiseñor. Que acuda esta noche a mi presencia para cantar bajo mi especial protección. Si no se presenta mandaré que todos los cortesanos sean pateados en el estómago después de cenar.

—¡Atiza! —dijo el mayordomo; y vuelta a subir y bajar escaleras y a recorrer salas y pasillos, y media corte fue con él, pues a nadie le hacía gracia que le patearan el estómago. No paraban de preguntar por el notable ruiseñor conocido por todo el mundo menos por la corte.

Finalmente dieron en la cocina con una pobre muchachita que exclamó:

—¡Dios mío! ¿El ruiseñor? ¡Claro que lo conozco! ¡Qué bien canta! Todas las noches me dan permiso para que lleve algunas sobras de comida a mi pobre madre que está enferma. Vive allá en la playa, y cuando estoy de regreso me paro a descansar en el bosque y oigo cantar al ruiseñor. Oyéndolo se me vienen las lágrimas a los ojos como cuando me besa mi madre. Es un recuerdo que me estremece de emoción y dulzura.

—Pequeña friegaplatos —dijo el mayordomo—, te daré un empleo fijo en la cocina y permiso para presenciar la comida del emperador si puedes traernos al ruiseñor; su majestad lo ha citado para esta noche.

Todos se dirigieron al bosque, al lugar donde el pájaro solía situarse, y media corte tomaba parte en la expedición. Avanzaban a toda prisa cuando una vaca se puso a mugir.

—¡Oh! —exclamó el mayordomo—. ¡Ya lo tenemos! ¡Qué potencia para un animal tan pequeño! Ahora que caigo en ello, no es la primera vez que lo oigo.

—No, eso es una vaca que muge —dijo la fregona—. Aún tenemos que andar mucho.

Luego oyeron las ranas croando en una charca.

—¡Magnífico! —exclamó un cortesano—. Ya lo oigo, suena como las campanillas de la iglesia.

—No, eso son ranas —contestó la muchacha—. Pero creo que no tardaremos en oírlo.

Y enseguida el ruiseñor se puso a cantar.

—¡Es él! —dijo la niña—. ¡Escuchad, escuchad! ¡Allí está! —Y señaló una avecilla gris posada en una rama.

—¿Es posible? —dijo el mayordomo—. Jamás lo habría imaginado así. ¡Qué vulgar! Seguramente habrá perdido el color, intimidado por unos visitantes tan distinguidos.

—Mi pequeño ruiseñor —dijo en voz alta la muchachita—, nuestro gracioso soberano quiere que cantes en su presencia.

—¡Con mucho gusto! —respondió el pájaro y reanudó su canto, que era una gloria oírlo.

—¡Parecen campanitas de cristal! —observó el mayordomo—. ¡Mirad cómo se mueve su garganta! Es raro que nunca lo hayamos visto. Causará sensación en la corte.

—¿Queréis que vuelva a cantar para el emperador? —preguntó el pájaro, pues creía que el soberano estaba allí.

—Mi pequeño y excelente ruiseñor —dijo el mayordomo—, tengo el honor de invitarte a una gran fiesta en palacio esta noche en la que podrás deleitar con tu magnífico canto a su imperial majestad.

—Suena mejor en el bosque —objetó el ruiseñor, pero cuando le dijeron que era un deseo del soberano los acompañó gustoso.

En palacio todo se había fregado y pulido. Las paredes y el suelo, que eran de porcelana, brillaban a la luz de millares de lámparas de oro; las flores más exquisitas, con sus campanillas, se habían colocado en los corredores. Las idas y venidas de los cortesanos producían tales corrientes de aire que las campanillas no cesaban de sonar y uno no podía oír ni su propia voz.

En medio del gran salón donde estaba el emperador habían colocado una percha de oro para el ruiseñor. Toda la corte estaba presente y la pequeña fregona había recibido autorización para situarse detrás de la puerta, pues ya tenía el título de cocinera de la corte. Todo el mundo llevaba sus vestidos de gala y todos los ojos estaban fijos en la avecilla gris, a la que el emperador hizo señas de que podía empezar.

El ruiseñor cantó tan deliciosamente que las lágrimas acudieron a los ojos del soberano y cuando el pájaro las vio rodar por sus mejillas volvió a cantar mejor aún, hasta llegarle al alma. El emperador quedó tan complacido que dijo que regalaría su chinela de oro al ruiseñor para que se la colgase al cuello. Pero el pájaro le dio las gracias y le dijo que ya se consideraba suficientemente recompensado.

—He visto lágrimas en los ojos del emperador; éste es para mí el mejor premio. Las lágrimas de un rey poseen una virtud especial. Dios sabe que he quedado bien recompensado —y reanudó su canto con su dulce y melodiosa voz.

—¡Es la lisonja más amable y graciosa que he oído en mi vida! —exclamaron las damas presentes y todas fueron a llenarse la boca de agua para gargarizar cuando alguien hablase con ellas, pues creían que también ellas podían ser ruiseñores. Sí, hasta los lacayos y las camareras expresaron su aprobación, y esto es decir mucho, pues ellos son siempre más difíciles de contentar. Realmente el ruiseñor causó sensación.

Se quedaría en la corte, en una jaula particular, con libertad para salir dos veces durante el día y una durante la noche. Pusieron a su servicio diez criados, a cada uno de los cuales estaba sujeto por medio de una cinta de seda que le ataron alrededor de la pata. La verdad es que aquellas excursiones no eran precisamente un placer.

La ciudad entera hablaba del notabilísimo pájaro y cuando dos personas se encontraban se saludaban diciendo el uno: «Rui», y respondiendo el otro: «Señor»; luego exhalaban un suspiro indicando que se habían comprendido. Hubo incluso once verduleras que pusieron ese nombre a sus hijos, pero ni uno de ellos resultó capaz de entonar una sola nota.

Un buen día el emperador recibió un gran paquete rotulado: «El ruiseñor».

—He aquí un nuevo libro acerca de nuestro famoso pájaro —exclamó el emperador. Pero resultó que no era un libro, sino un pequeño ingenio colocado en una jaula, un ruiseñor artificial, imitación del vivo pero cubierto materialmente de diamantes, rubíes y zafiros. Sólo había que darle cuerda y se ponía a cantar una de las melodías que cantaba el de verdad, levantando y bajando la cola, todo él un ascua de plata y oro. Llevaba una cinta atada al cuello y en ella estaba escrito: «El ruiseñor del emperador de Japón es pobre en comparación con el del emperador de China».

—¡Soberbio! —exclamaron todos, y el emisario que había traído el ave artificial recibió inmediatamente el título de Gran Portador Imperial de Ruiseñores.

—Ahora van a cantar juntos. ¡Qué dúo harán!

Y los hicieron cantar a dúo, pero la cosa no conjuntaba, pues el ruiseñor auténtico lo hacía a su manera y el artificial funcionaba con cuerda.

—No se le puede reprochar nada —dijo el director de la orquesta imperial—; mantiene el compás exactamente y sigue mi método al pie de la letra.

En adelante, el pájaro artificial tuvo que cantar solo. Obtuvo tanto éxito como el otro y, además, era mucho más bonito, pues brillaba como un puñado de pulseras y broches.

Repitió treinta y tres veces la misma melodía sin cansarse y los cortesanos querían volver a oírla una y otra vez, pero el emperador opinó que también el ruiseñor verdadero debía cantar algo. Pero ¿dónde se había metido? Nadie se había dado cuenta de que había salido por la ventana abierta y había regresado a su verde bosque.

—¿Qué significa esto? —preguntó el emperador. Acto seguido, todos los cortesanos se deshicieron en reproches e improperios tachando al pájaro de desagradecido.

—Por suerte nos queda el mejor —dijeron, y el ave mecánica hubo de cantar de nuevo repitiendo por trigésima cuarta vez la misma canción; pero esa canción era muy difícil y no había modo de que los oyentes se la aprendieran. El director de la orquesta imperial se hacía lenguas del arte del pájaro asegurando que era muy superior al verdadero no sólo en lo relativo al plumaje y la cantidad de diamantes, sino también interiormente.

—Fíjense vuestras señorías, y especialmente su majestad, que con el ruiseñor de carne y hueso nunca se puede saber qué es lo que va a cantar. En cambio, en el artificial todo está determinado de antemano. Se oirá tal cosa y tal otra, y nada más. En él todo tiene su explicación: se puede abrir y entender cómo obra la inteligencia humana viendo cómo están dispuestas las ruedas, cómo se mueven, cómo una se engrana con la otra.

—Eso pensamos todos —dijeron los cortesanos, y el director de la orquesta imperial fue autorizado para que el siguiente domingo mostrara el pájaro al pueblo.

—Todos deben oírlo cantar —dijo el emperador, y así se hizo. La gente quedó tan satisfecha como si se hubiese emborrachado con té, pues así es como lo hacen los chinos, y todos gritaron: «¡Oh!», y levantando el dedo índice se inclinaron profundamente. Pero los pobres pescadores que habían oído al ruiseñor auténtico dijeron:

—No está mal; las melodías se parecen, pero le falta algo, un no sé qué...

El ruiseñor de verdad fue desterrado del país.

El pájaro mecánico estuvo en adelante junto a la cama del emperador colocado sobre una almohada de seda; todos los regalos con que había sido obsequiado —oro y piedras preciosas— estaban dispuestos a su alrededor y se le había conferido el título de Primer Cantor de Cabecera Imperial con categoría de número uno al lado izquierdo. El emperador consideraba que ese lado era el más noble por ser el del corazón, que hasta los emperadores tienen a la izquierda. Y el director de la orquesta imperial escribió una obra de veinticinco tomos sobre el pájaro mecánico, tan larga y erudita, tan llena de las más difíciles palabras chinas, que todo el mundo afirmó haberla leído y entendido, pues de otro modo habrían pasado por tontos y recibido patadas en el estómago.

Así transcurrieron las cosas durante un año. El emperador, la corte y todos los demás chinos se sabían de memoria el trino que cantaba el ave mecánica y precisamente por eso les gustaba más que nunca; podían imitarlo y lo hacían. Los golfillos de la calle cantaban: «¡tsitsii, cluclucluc!» y hasta el emperador los coreaba. Era de veras divertido.

Pero he aquí que una noche, estando el pájaro en pleno canto, el emperador, que yacía acostado, oyó de pronto un «¡crac!» en el interior del mecanismo, pues algo había saltado de su engranaje. El ave mecánica hizo «¡schnurrrr!», la cuerda se escapó y cesó la música.

El emperador saltó de la cama y mandó llamar a su médico de cabecera, pero ¿qué podía hacer el hombre? Entonces fue llamado el relojero, quien tras largos discursos y manipulaciones arregló un poco el ave, pero manifestó que debían andarse con mucho cuidado con ella y no hacerla trabajar demasiado, pues los engranajes estaban gastados y no se podían sustituir por otros nuevos que asegurasen el funcionamiento de la música. ¡Qué desolación! Desde entonces sólo se pudo hacer cantar al pájaro una vez al año, y aun esto era una imprudencia, si bien en tales ocasiones el director de la orquesta imperial pronunciaba un breve discurso empleando aquellas palabras tan intrincadas diciendo que el ave cantaba tan bien como antes, y no hay que decir que todo el mundo se mostraba de acuerdo.

Pasaron cinco años cuando he aquí que una gran desgracia cayó sobre el país. Los chinos querían mucho a su emperador, el cual estaba ahora enfermo de muerte. Ya había sido elegido su sucesor y el pueblo, en la calle, no cesaba de preguntar al mayordomo de palacio por el estado del anciano monarca.

—¡Puf! —respondía éste sacudiendo la cabeza.

Frío y pálido yacía el emperador en su grande y suntuoso lecho. Toda la corte lo creía ya muerto y cada cual se apresuraba a ofrecer sus respetos al nuevo soberano. Los camareros de palacio salían precipitadamente para hablar del suceso y las camareras se reunieron en un té muy concurrido. En todos los salones y corredores habían tendido paños para que no se oyeran los pasos de nadie, y por eso reinaba un gran silencio.

Sin embargo, el emperador no había expirado aún; permanecía rígido y pálido en la lujosa cama con sus largas cortinas de terciopelo y sus macizas borlas de oro. La luna enviaba sus rayos a través de una ventana que se abría en lo alto de la pared y con ellos iluminaba al emperador y al pájaro mecánico.

El pobre emperador jadeaba con gran dificultad; era como si alguien se le hubiera sentado sobre el pecho. Abrió los ojos y vio que era la Muerte, que se había puesto su corona de oro en la cabeza y sostenía en una mano el dorado sable imperial y en la otra su magnífico estandarte. En torno al monarca, por los pliegues de los cortinajes asomaban extrañas cabezas, algunas horriblemente feas, otras de expresión dulce y apacible: eran las obras buenas y malas del emperador que lo miraban en aquellos momentos en que la Muerte se había sentado sobre su corazón.

—¿Te acuerdas de tal cosa? —murmuraban una tras otra—. ¿Y de tal otra? —Y le recordaban tantas que al pobre emperador le manaba el sudor de la frente.

—¡Yo no lo sabía! —se excusaba—. ¡Música, música! ¡Que suene el gran tambor chino —gritó— para no oír todo eso que dicen!

Pero las cabezas seguían hablando y la Muerte asentía con la cabeza, al modo chino, a todo lo que decían.

—¡Música, música! —gritaba el emperador—. ¡Oh tú, pajarillo de oro, canta, canta! Te di oro y objetos preciosos, con mi mano te colgué del cuello mi chinela dorada. ¡Canta, canta ya!

Pero el pájaro seguía mudo, pues no había nadie para darle cuerda, y la Muerte seguía mirando al emperador con sus grandes órbitas vacías; el silencio era lúgubre. De pronto, procedente de la ventana, resonó un canto maravilloso. Era el pequeño ruiseñor vivo posado en una rama. Enterado de la desesperada situación del emperador, había acudido a traerle consuelo y esperanza; cuanto más cantaba, más palidecían y se esfumaban aquellos fantasmas, la sangre afluía con más fuerza a los debilitados miembros del enfermo e incluso la Muerte prestó oídos y dijo:

—Sigue, lindo ruiseñor, sigue.

—Sí, pero ¿me darás el magnífico sable de oro? ¿Me darás la rica bandera? ¿Me darás la corona imperial?

La Muerte le fue dando aquellos tesoros a cambio de otras tantas canciones y el ruiseñor siguió cantando, cantando sobre el silencioso camposanto donde crecen las rosas blancas, donde las lilas exhalan su aroma y donde la hierba lozana es humedecida por las lágrimas de los supervivientes. La Muerte sintió entonces nostalgia de su jardín y salió por la ventana flotando como una niebla blanca y fría.

—¡Gracias, gracias! —dijo el emperador—. ¡Bien te conozco, avecilla celestial! Te desterré de mi reino y, sin embargo, con tus cantos has alejado de mi lecho los malos espíritus, has ahuyentado a la Muerte de mi corazón. ¿Cómo podré recompensarte?

—Ya me has recompensado —dijo el ruiseñor—. Arranqué lágrimas de tus ojos la primera vez que canté para ti; eso no lo olvidaré nunca, pues son las joyas que contentan el corazón de un cantor. Pero ahora duerme y recupera las fuerzas, que yo seguiré cantando.

Así lo hizo, y el soberano quedó sumido en un dulce sueño, ¡un sueño dulce y reparador!

El sol entraba por la ventana cuando el emperador se despertó, sano y fuerte. Ninguno de sus criados había vuelto aún, pues todos lo creían muerto. Sólo el ruiseñor seguía cantando en la rama.

—¡Nunca te separarás de mi lado! —le dijo el emperador—. Cantarás cuando te apetezca; y en cuanto al pájaro mecánico, lo romperé en mil pedazos.

—No lo hagas —suplicó el ruiseñor—. Él cumplió su misión mientras pudo; guárdalo como hasta ahora. Yo no puedo anidar ni vivir en palacio, pero permíteme que venga cuando se me ocurra; entonces me posaré junto a la ventana y te cantaré para que estés contento y reflexiones. Te cantaré sobre los seres felices y también acerca de los que sufren, y del mal y del bien que se hace a tu alrededor sin tú saberlo. Tu pajarillo cantor debe volar lejos, hasta la cabaña del pobre pescador, hasta el tejado del campesino, hacia todos los que residen apartados de ti y de tu corte. Prefiero tu corazón a tu corona... aunque la corona exhala cierto olor a cosa santa. Volveré a cantar para ti. Pero debes prometerme una cosa.

—¡Lo que quieras! —dijo el emperador incorporándose con su ropaje imperial, que ya se había puesto, y oprimiendo contra su corazón el pesado sable de oro.

—Una cosa te pido: que no le digas a nadie que tienes un pajarito que te cuenta todas las cosas. ¡Saldrás ganando!

Y se echó a volar.

Entraron los criados a velar a su difunto emperador. Entraron, sí, y el emperador les dijo:

—¡Buenos días!